Tacet Books

Graciliano Ramos

7 Melhores Contos

Editado por
August Nemo

Copyright© Tacet Books, 2024

Todos os direitos reservados.

EDITOR August Nemo

CAPA E PROJETO GRÁFICO Mayra Falcini

NEGÓCIOS E MARKETING Horacio Corral

Dados Internacionais de Catalogação na Publicação (CIP)

Ramos, Graciliano.
R175   7 Melhores Contos / Graciliano Ramos– São Paulo, SP: Tacet Books, 2024.
110 p. : 14 x 21 cm

ISBN 978-65-89575-64-1

1. Literatura brasileira. 2. Crônicas. 3. Contos.

CDD 869.4

Tacet Books

Feito em silêncio

Para mentes barulhentas

www.tacetbooks.com

tacet.books@gmail.com

Sumário

Introdução	5
Auto-retrato aos 56 anos:	7
Baleia	9
Luciana	17
Minsk	25
Uma visita	33
Insônia	47
A terra dos meninos pelados	57
Um Ladrão	91
Conheça a Tacet Books	109

Introdução

Graciliano Ramos, nascido em 27 de outubro de 1892, na cidade de Quebrangulo, Alagoas, trilhou uma vida permeada por diferentes atividades e uma paixão pela escrita desde tenra idade. Entre idas e vindas no interior de Pernambuco e Alagoas, seu talento despontou cedo quando, aos 13 anos, iniciou sua jornada literária no Colégio Quinze de Março, em Maceió. Essa paixão desdobrou-se em colaborações para periódicos locais e experiências comerciais antes de mergulhar no jornalismo e na gestão pública.

Em sua trajetória, Ramos foi comerciante, jornalista e diretor de instituição pública, até mesmo assumindo a posição de prefeito em Palmeira dos Índios, Alagoas. Sua estreia literária veio em 1933 com "Caetés", seguida por marcos como "São Bernardo" (1934) e "Angústia" (1936). Acusado de participação na Intentona Comunista, ficou preso durante quase um ano sob o governo Vargas.

Apesar das adversidades políticas, Ramos foi laureado com o Prêmio de Literatura Infantil do Ministério da Educação em 1937 e alcançou seu ápice com a publicação de "Vidas Secas" (1938), um retrato vívido da árdua vida no sertão brasileiro. Seu engajamento político foi marcante durante toda a vida, culminando com sua adesão ao Partido Comunista em 1945. Entre 1952 e seu falecimento, em 20 de março de 1953, Graciliano Ramos enfrentou um câncer no pulmão, buscando tratamento em Buenos Aires antes de seu retorno ao Rio de Janeiro. Sua obra deixou um legado impactante não apenas no Brasil, mas também no cenário literário mundial, permeada por uma crítica social profunda e uma maestria narrativa que transcende fronteiras.

Auto-retrato aos 56 anos:

Nasceu em 1892, em Quebrangulo, Alagoas.
Casado duas vezes, tem sete filhos.
Altura 1,75.
Sapato n.º 41.
Colarinho n.º 39.
Prefere não andar.
Não gosta de vizinhos.
Detesta rádio, telefone e campainhas.
Tem horror às pessoas que falam alto.
Usa óculos.
Meio calvo.
Não tem preferência por nenhuma comida.
Não gosta de frutas nem de doces.
Indiferente à música.
Sua leitura predileta: a Bíblia.
Escreveu "Caetés" com 34 anos de idade.
Não dá preferência a nenhum dos seus livros publicados.
Gosta de beber aguardente.
É ateu. Indiferente à Academia.
Odeia a burguesia. Adora crianças.
Romancistas brasileiros que mais lhe agradam: Manoel Antônio de Almeida, Machado de Assis, Jorge Amado,

José Lins do Rego e Rachel de Queiroz.
Gosta de palavrões escritos e falados.
Deseja a morte do capitalismo.
Escreveu seus livros pela manhã.
Fuma cigarros "Selma" (três maços por dia).
É inspetor de ensino, trabalha no "Correio do Manhã".
Apesar de o acharem pessimista, discorda de tudo.
Só tem cinco ternos de roupa, estragados.
Refaz seus romances várias vezes.
Esteve preso duas vezes.
É-lhe indiferente estar preso ou solto.
Escreve à mão.
Seus maiores amigos: Capitão Lobo, Cubano, José Lins do Rego e José Olympio.
Tem poucas dívidas.
Quando prefeito de uma cidade do interior, soltava os presos para construírem estradas.
Espera morrer com 57 anos.

Baleia

A cachorra Baleia estava para morrer. Tinha emagrecido, o pêlo caíra-lhe em vários pontos, as costelas avultavam num fundo róseo, onde manchas escuras supuravam e sangravam, cobertas de moscas. As chagas da boca e a inchação dos beiços dificultavam-lhe a comida e a bebida.

Por isso Fabiano imaginara que ela estivesse com um princípio de hidrofobia e amarrara-lhe no pescoço um rosário de sabugos de milho queimados. Mas Baleia, sempre de mal a pior, roçava-se nas estacas do curral ou metia-se no mato, impaciente, enxotava os mosquitos sacudindo as orelhas murchas, agitando a cauda pelada e curta, grossa na base, cheia de roscas, semelhante a uma cauda de cascavel.

Então Fabiano resolveu matá-la. Foi buscar a espingarda de pederneira, lixou-a, limpou-a com o saca-trapo e fez tenção de carregá-la bem para a cachorra não sofrer muito.

Sinhá Vitória fechou-se na camarinha, rebocando os meninos assustados, que adivinhavam desgraça e não se cansavam de repetir a mesma pergunta:

— Vão bulir com a Baleia?

Tinham visto o chumbeiro e o polvarinho, os modos de Fabiano afligiam-nos, davam-lhes a suspeita de que Baleia corria perigo.

Ela era como uma pessoa da família: brincavam juntos os três, para bem dizer não se diferenciavam, rebolavam na areia do rio e no estrume fofo que ia subindo, ameaçava cobrir o chiqueiro das cabras.

Quiseram mexer na taramela e abrir a porta, mas Sinhá Vitória levou-os para a cama de varas, deitou-os e esforçou-se por tapar-lhes os ouvidos: prendeu a cabeça do mais velho entre as coxas e espalmou as mãos nas orelhas do segundo. Como os pequenos resistissem, aperreou-se e tratou e subjugá-los, resmungando com energia.

Ela também tinha o coração pesado, mas resignava-se: naturalmente a decisão de Fabiano era necessária e justa. Pobre da Baleia.

Escutou, ouviu o rumor do chumbo que se derramava no cano da arma, as pancadas surdas da vareta na bucha. Suspirou. Coitadinha da Baleia.

Os meninos começaram a gritar e a espernear. E como Sinhá Vitória tinha relaxado os músculos, deixou escapar o mais taludo e soltou uma praga:

— Capeta excomungado.

Na luta que travou para segurar de novo o filho rebelde, zangou-se de verdade. Safadinho. Atirou um cocorote ao crânio enrolado na coberta vermelha e na saia de ramagens.

Pouco a pouco a cólera diminuiu, e Sinhá Vitória, embalando as crianças, enjoou-se da cadela achacada, gargarejou muxoxos e nomes feios. Bicho nojento, babão. Inconveniência deixar cachorro doido solto em casa. Mas compreendia que estava sendo severa demais, achava difícil Baleia endoidecer e lamentava que o marido não houvesse esperado mais um dia para ver se realmente a execução era indispensável. Nesse momento Fabiano andava no copiar, batendo castanholas com os dedos. Sinhá Vitória encolheu o pescoço e tentou encostar os ombros às orelhas. Como isso era impossível, levantou os braços e, sem largar o filho, conseguiu ocultar um pedaço da cabeça.

Fabiano percorreu o alpendre, olhando a baraúna e as porteiras, açulando um cão invisível contra animais invisíveis:

— Ecô! ecô!

Em seguida entrou na sala, atravessou o corredor e chegou à janela baixa da cozinha. Examinou o terreiro, viu Baleia coçando-se a esfregar as peladuras no pé de turco, levou a espingarda ao rosto. A cachorra espiou o dono desconfiada, enroscou-se no tronco e foi-se desviando, até ficar no outro lado da árvore, agachada e arisca, mostrando apenas as pupilas negras. Aborrecido com esta manobra, Fabiano saltou a janela, esgueirou-se ao longo da cerca do curral, deteve-se no mourão do canto e levou de novo a arma ao rosto. Como o animal estivesse de frente e não apresentasse bom alvo, adiantou-se mais alguns passos. Ao chegar às catingueiras, modificou a pontaria e puxou o gatilho. A carga alcançou os quartos traseiros e inutilizou uma perna de Baleia, que se pôs a latir desesperadamente.

Ouvindo o tiro e os latidos, Sinhá Vitória pegou-se à Virgem Maria e os meninos rolaram na cama, chorando alto. Fabiano recolheu-se.

E Baleia fugiu precipitada, rodeou o barreiro, entrou no quintalzinho da esquerda, passou rente aos craveiros e às panelas de losna, meteu-se por um buraco da cerca e ganhou o pátio, correndo em três pés. Dirigiu-se ao copiar, mas temeu encontrar Fabiano e afastou-se para o chiqueiro das cabras. Demorou-se aí um instante, meio desorientada, saiu depois sem destino, aos pulos.

Defronte do carro de bois faltou-lhe a perna traseira. E, perdendo muito sangue, andou como gente, em dois pés, arrastando com dificuldade a parte posterior do corpo. Quis recuar e esconder-se debaixo do carro, mas teve medo da roda.

Encaminhou-se aos juazeiros. Sob a raiz de um deles havia uma barroca macia e funda. Gostava de espojar-se ali: cobria-se de poeira, evitava as moscas e os mosquitos, e quando se levantava, tinha folhas secas e gravetos colados às feridas, era um bicho diferente dos outros.

Caiu antes de alcançar essa cova arredada. Tentou erguer-se, endireitou a cabeça e estirou as pernas dianteiras, mas o resto do corpo ficou deitado de banda. Nesta posição torcida, mexeu-se a custo, ralando as patas, cravando as unhas no chão, agarrando-se nos seixos miúdos. Afinal esmoreceu e aquietou-se junto às pedras onde os meninos jogavam cobras mortas. Uma sede horrível queimava lhe a garganta. Procurou ver as pernas e não as distinguiu: um nevoeiro impedia-lhe a visão. Pôs-se a latir e desejou morder Fabiano. Realmente não latia: uivava baixinho, e os uivos iam diminuindo, tornavam-se quase imperceptíveis.

Como o sol a encandeasse, conseguiu adiantar-se umas polegadas e escondeu-se numa nesga de sombra que ladeava a pedra. Olhou-se de novo, aflita. Que lhe estaria acontecendo? O nevoeiro engrossava e aproximava-se.

Sentiu o cheiro bom dos preás que desciam do morro, mas o cheiro vinha fraco e havia nele partículas de outros viventes. Parecia que o morro se tinha distanciado muito. Arregaçou o focinho, aspirou o ar lentamente, com vontade de subir a ladeira e perseguir os preás, que pulavam e corriam em liberdade.

Começou a arquejar penosamente, fingindo ladrar. Passou a língua pelos beiços torrados e não experimentou nenhum prazer. O olfato cada vez mais se embotava: certamente os preás tinham fugido.

Esqueceu-os e de novo lhe veio o desejo de morder Fabiano, que lhe apareceu diante dos olhos meio vidrados, com um objeto esquisito na mão.

Não conhecia o objeto, mas pôs-se a tremer, convencida de que ele encerrava surpresas desagradáveis. Fez um esforço para desviar-se daquilo e encolher o rabo. Cerrou as pálpebras pesadas e julgou que o rabo estava encolhido. Não poderia morder Fabiano: tinha nascido perto dele, numa camarinha, sob a cama de varas, e consumira a existência em submissão, ladrando para juntar o gado quando o vaqueiro batia palmas.

O objeto desconhecido continuava a ameaçá-la. Conteve a respiração, cobriu os dentes, espiou o inimigo por baixo das pestanas caídas. Ficou assim algum tempo, depois sossegou. Fabiano e a coisa perigosa tinham-se sumido.

Abriu os olhos a custo. Agora havia uma grande escuridão, com certeza o sol desaparecera.

Os chocalhos das cabras tilintaram para os lados do rio, o fartum do chiqueiro espalhou-se pela vizinhança. Baleia assustou-se. Que faziam aqueles animais soltos de noite? A obrigação dela era levantar-se, conduzi-los ao bebedouro. Franziu as ventas, procurando distinguir os meninos. Estranhou a ausência deles.

Não se lembrava de Fabiano. Tinha havido um desastre, mas Baleia não atribuía a esse desastre a impotência em que se achava nem percebia que estava livre de responsabilidades. Uma angústia apertou-lhe o pequeno coração. Precisava vigiar as cabras: àquela hora cheiros de suçuarana deviam andar pelas ribanceiras, rondar as moitas afastadas. Felizmente os meninos dormiam na esteira, por baixo do caritó onde Sinhá Vitória guardava o cachimbo. Uma noite de inverno, gelada e nevoenta, cercava a criaturinha. Silêncio completo, nenhum sinal de vida nos arredores. O galo velho não cantava no poleiro, nem Fabiano roncava na cama de varas. Estes sons não interessavam Baleia, mas quando o galo batia as asas e Fabiano se virava, emanações familiares revelavam-lhe a presença deles. Agora parecia que a fazenda se tinha despovoado.

Baleia respirava depressa, a boca aberta, os queixos desgovernados, a língua pendente e insensível. Não sabia o que tinha sucedido. O estrondo, a pancada que recebera no quarto, e a viagem difícil do barreiro ao fim do pátio desvaneciam-se no seu espírito.

Provavelmente estava na cozinha, entre as pedras que serviam de trempe. Antes de se deitar, Sinhá Vitória retirava dali os carvões e a cinza, varria com um molho de vassourinha o chão queimado, e aquilo ficava um bom lugar para cachorro descansar. O calor afugentava as pulgas, a terra se amaciava. E, findos os cochilos, numerosos preás corriam e saltavam, um formigueiro de preás invadia a cozinha.

A tremura subia, deixava a barriga e chegava ao peito de Baleia. Do peito para trás era tudo insensibilidade e esquecimento. Mas o resto do corpo se arrepiava, espinhos de mandacaru penetravam na carne meio comida pela doença.

Baleia encostava a cabecinha fatigada na pedra. A pedra estava fria, certamente Sinhá Vitória tinha deixado o fogo apagar-se muito cedo. Baleia queria dormir. Acordaria feliz, num mundo cheio de preás. E lamberia as mãos de Fabiano, um Fabiano enorme. As crianças se espojariam com ela, rolariam com ela num pátio enorme, num chiqueiro enorme. O mundo ficaria todo cheio de preás, gordos, enormes

Luciana

Ouvindo rumor na porta da frente e os passos conhecidos de tio Severino, Luciana entregou a Maria Júlia as revistas e as bonecas de pano, ergueu-se estouvada, saiu do corredor, entrou na sala, parou indecisa, esperando que a chamassem. Ninguém reparou nela. Papai e mamãe, no sofá, embebiam-se na palavra lenta e fanhosa de tio Severino, homem considerável, senhor da poltrona. Luciana adivinhava a consideração: os donos da casa escutavam, moviam a cabeça e aprovavam; na cozinha, resmungando, arreliando-se, a criada preparava café. Às vezes na família repetia-se uma frase que tinha peso de lei.

— Foi tio Severino quem disse.

— Ah!

E não se acrescentava mais nada.

Luciana quis aproximar-se das pessoas grandes, mas lembrou-se do que lhe tinha acontecido na véspera. Mergulhou em longa meditação. Andara com mamãe pela cidade, percorrera diversas ruas, satisfeita. Num lugar feio e escorregadio, onde a água da chuva empoçava, resistira, acuara, exigindo que pusessem ali paralelepípedos. Agarrada por um braço, intimada a continuar o passeio, tivera um acesso de desespero, um choro convulso, e caíra no chão, sentara-se na lama, esperneando e berrando. Em casa, antes de tirar-lhe a camisa suja, mamãe lhe infligira três palmadas enérgicas. Por quê? Luciana passara o dia tentando reconciliar-se com o ser poderoso que lhe magoara as nádegas. Agora, na presença da visita, essa criatura forte não anunciava perigo.

Luciana avizinhou-se do sofá nas pontas dos pés, imitando as senhoras que usam sapatos de tacão alto. Gostava desse exercício, convidava a irmã para brincar de moça. Encolhida e pálida, Maria Júlia cambaleava — e Luciana se arranjava só: prendia cordões numa caixa vazia, que se transformava em bolsa, com um pedaço de pau armava-se de sombrinha e lá ia remedando um pássaro que se dispõe a voar, inclinada para a frente, os calcanhares apoiados em saltos enormes e imaginários. Assim aparelhada, chamava--se d. Henriqueta da Boa-Vista. Manifestara-se à irmã e à cozinheira. Como as duas não admitiam que ela pudesse crescer de repente e mudar de nome, envolvera-as num largo desprezo e começara a entender-se com as paredes: ficava horas meneando-se, fazendo mesuras, dirigindo amabilidades às amigas invisíveis de d. Henriqueta da Boa-Vista.

Tio Severino era notável: vermelho, tinha maçarocas brancas no rosto, o beiço e o queixo rapados, a testa brilhante, sobrancelhas densas e óculos redondos. Entre os dentes amarelos a voz escorria, pausada, nasal, incompreensível. Luciana percebia as palavras, mas não atinava com a significação delas: arregalava os olhos claros, via a figura engelhada aumentar, a roupa escura e os sapatos pretos incharem como pneumáticos. Rondou por ali um instante, mas fatigou-se. Avistou no cabide o guarda-chuva de tio Severino e foi examiná-lo de perto, afastar as varetas, procurar um mecanismo por baixo do tecido. Desistiu da observação, meio decepcionada, e ia esgueirar-se para o corredor quando algumas sílabas da conversa indistinta lhe avivaram a recordação de outras sílabas vagas, largadas por um moleque na rua. Acercou-se do sofá, interrompeu o discurso do velho e repetiu bem alto as palavras do moleque. Papai e mamãe estremeceram, tio Severino engoliu em seco, murmurou:

— Esta menina sabe onde o diabo dorme.

Luciana teve um deslumbramento, o coraçãozinho saltou, uma alegria doida encheu-a. Sentiu-se feliz e necessitou desabafar com alguém. Esquecendo-se de que naquele momento era d. Henriqueta da Boa-Vista, cruzou a sala em passo natural, os calcanhares tocando o chão, desembestou no corredor e exibiu-se a Maria Júlia. Espalhou as revistas e as bonecas, pôs-se a dançar em cima delas. Como a outra caísse no choro, afligiu-se: consolou-a, achou-a miúda, tão miúda que não servia para confidente. Regressou,

muito leve, boiando naquela claridade que a envolvia e penetrava.
— Esta menina sabe onde o diabo dorme.

Tio Severino tinha feito uma revelação extraordinária, e Luciana devia comportar-se como pessoa que sabe onde o diabo dorme. Voltou a caminhar nas pontas dos pés, de uma parede a outra, simulando não ver o sofá e a poltrona. Estava sendo observada, notavam nela sinais esquisitos, sem dúvida.
— Foi tio Severino quem disse.
— Ah!

Papai e mamãe, silenciosos, refletindo na opinião rouca do parente grande, com certeza diziam "Ah!" por dentro e orgulhavam-se da filha sabida. Luciana estirou-se, ganhou pelo menos cinco centímetros. Moça, moça completa, inteiramente d. Henriqueta da Boa-Vista. Piscou o olho para tio Severino, convenceu-se de que ele também piscava o olho e a considerava d. Henriqueta, séria, vagarosa, aprumada. Encostou-se à parede, enrugou a testa, alongou o beiço inferior, descansou as mãos na barriga. Assim, adquiria muitos anos e inspirava respeito.

A cena da véspera atravessou-lhe o espírito e importunou-a. Sentada numa poça de água suja, gritara, enlameara-se toda. Naquele despropósito, não era d. Henriqueta da Boa-Vista, não era, evidentemente. Reagira aos chamados e às razões de mamãe e em consequência aguentara três palmadas. A recordação delas atenazou Luciana: as rugas da testa desfizeram-se, o beiço encolheu-se, os calcanhares desceram, os braços tombaram esmorecidos. D. Henriqueta da Boa-Vista não se sentaria numa barroca cheia de lama.

— Que vergonha!

Pouco a pouco a indignação transferiu-se e arrefeceu. A culpada era mamãe, que tivera a ideia infeliz de meter-se num caminho onde não havia paralelepípedos. Mundo bem estranho. Por que era que existiam lugares sem paralelepípedos? Este pensamento obliterou o castigo e a humilhação. Lugares diferentes da calçada tranquila, do quintal sombrio. Na esquina do quarteirão principiava o mistério: barulho de carros, gritos, cores, movimento, prédios altos demais. Talvez o diabo dormisse num deles. Em qual? Desanimada, confessou interiormente a sua ignorância. Não tinha notícia do que havia além das portas de vidro onde se expunham objetos inúteis. E relativamente ao diabo, só podia garantir, baseada nas informações da cozinheira, que ele era preto, possuía chifres e rabo. Chifres e rabo. Para quê? Admirou-se dessa extravagância. Que precisão tinha ele de chifres e de rabo? Preto, estava certo. No bairro moravam alguns pretos, sem chifres nem rabo. E se a cozinheira estivesse enganada? No espírito de Luciana, pouco inclinado a dúvidas, a pergunta esmoreceu, mas a indecisão momentânea descontentou-a: se privassem o diabo daqueles apêndices, ele ficaria reduzido, um brinquedo ordinário. Estremeceu maravilhada, num susto que encerrava prazer, uma visão patenteou-lhe a figura monstruosa. Certamente o diabo tinha gênio ruim, em horas de zanga batia nas pessoas com o rabo, espetava-as com os chifres. E retinto, da cor de seu Adão carroceiro. Mas seu Adão era bom, seu Adão era ótimo: quando via crianças chorando extraviadas, recolhia-as, contava histórias lindas, ria mostrando os dentes alvos. Procurou reconstituir uma das histórias, desviou-a lembrando-se do que lhe sucedia ao apear da carroça e apresentar-se a mamãe.

— Tenha paciência, dona, pedia o negro.

Mexia na carapinha, sorria inquieto, afastava-se levando a afirmação de que a pequena amiga não seria punida. Mamãe não cumpria a palavra.

— Está direito, seu Adão. Muito obrigada.

Logo que ele dava as costas, enfurecia-se:

— Esta menina tem parte com o diabo.

E puxava as orelhas de Luciana. Por quê? Certamente o diabo também fugia de casa. Lisonjeada e medrosa com a terrível associação, Luciana persistia na desobediência, os puxões de orelhas não a livravam da curiosidade. Interrogara seu Adão a respeito dos hábitos da obscura personagem, mas como dispunha de vocabulário escasso, não se explicara bem e obtivera respostas ambíguas. Seu Adão, apesar de negro, não tinha parte com o diabo, provavelmente um sujeito sisudo, triste, como tio Severino. O beiço franzido e o olho duro de tio Severino. Que olho! Entrava-lhe na carne, um espeto, e as mãos dela esfriavam. Naquele dia, porém, o velho não lhe inspirava receio. Maiores que os dele eram os poderes do diabo, com quem Luciana se julgava de alguma forma ligada.

— Esta menina tem parte com o diabo.

A fala ranzinza feria-lhe os ouvidos, dedos finos e nervosos agarravam-na. Um susto, a impressão de ter perdido qualquer coisa e achar-se em risco. Findo o sobressalto, imaginara-se protegida por entidades vigorosas e imortais. Agora a frase de tio Severino firmava-lhe a convicção.

Ergueu-se de novo nas pontas dos pés, atirou na sala as suas longas pernadas sacudidas de ave. D. Henriqueta da Boa-Vista pôs-se a dialogar mentalmente, comentando a voz fanhosa, os óculos, as maçarocas que enfeitavam as bochechas de tio Severino. Realmente ele se equivocava: d. Henriqueta da Boa-Vista reconhecia a própria insuficiência. Cócegas arranhavam a garganta de Luciana, um riso agudo agitou-a. Alegrava-a o pensamento de que os outros se iludiam, considerou-se atilada, capaz de provocar a admiração de criaturas experientes. Com certeza possuía as qualidades necessárias para instruir-se e confirmar o juízo de tio Severino. Por que era que ele não se referira a Maria Júlia? Coitada. Encolhida e bamba, Maria Júlia manejava bonecas, sossegadinha, no corredor e na sala de jantar. D. Henriqueta da Boa-Vista era um azougue: tinha jeito de quem sabe onde o diabo dorme. Ainda não sabia, mas haveria de saber. E cantava no íntimo. As solas dos sapatos mal tocavam o chão, o corpo magro balançava, indo e vindo, movendo as asas. Descobriria o lugar onde o diabo dorme, começaria a busca no dia seguinte. Não alcançava o ferrolho da porta, mas quando mamãe se distraísse, arrastaria de manso uma cadeira, subiria à janela e saltaria à calçada, sem rumor, como de ordinário. Maria Júlia, recortando folhas de revistas, não perceberia a fuga. E d. Henriqueta da Boa-Vista se largaria pelo mundo, importante, os calcanhares erguidos, em companhia de seres enigmáticos que lhe ensinariam a residência do diabo. Dobraria a esquina, perder-se-ia na multidão, olharia os objetos arrumados por detrás dos vidros. Mais tarde seu Adão a embarcaria na carroça: — "Foi um dia uma princesa bonita que tinha uma estrela na testa." Luciana recusava as princesas e as estrelas. Seu Adão coçaria o pixaim, encolheria os ombros. Levá-la-ia para a gaiola. Mamãe recebê-la-ia zangadíssima. E daria, quando seu Adão se retirasse, várias chineladas em d. Henriqueta da Boa-Vista. Sem dúvida. Mas isso ainda estava muito longe — e Luciana aborrecia tristezas.

Minsk

Quando tio Severino voltou da fazenda, trouxe para Luciana um periquito. Não era um cara-suja ordinário, de uma cor só, pequenino e mudo. Era um periquito grande, com manchas amarelas, andava torto, inchado, e fazia: — "Eh! eh!" Luciana recebeu-o, abriu muito os olhos espantados, estranhou que aquela maravilha viesse dos dedos curtos e nodosos de tio Severino, deu um grito selvagem, mistura de admiração e triunfo. Esqueceu os agradecimentos, meteu-se no corredor, atravessou a sala de jantar, chegou à cozinha, expôs à cozinheira e a Maria Júlia as penas verdes e amarelas que enfeitavam uma vida trêmula. A cozinheira não lhe prestou atenção, Maria Júlia franziu os beiços pálidos num sorriso desenxabido. Luciana desorientou-se, bateu o pé, mas receou estragar o contentamento, desdenhou incompreensões, afastou-se com a ideia de batizar o animalzinho. Acomodou-o no fura-bolo e entrou a passear pela casa, contemplando-o, ciciando beijos, combinando sílabas, tentando formar uma palavra sonora. Nada conseguindo, sentou-se à mesa de jantar, abriu um atlas. O periquito saltou-lhe da mão, escorregou na folha de papel, moveu-se desajeitado, percorreu lento vários países, transpôs rios e mares, deteve-se numa terra de cinco letras.

— Como se chama este lugar, Maria Júlia?

Maria Júlia veio da cozinha, soletrou e decidiu:

— Minsk.

— Esquisito. Minsk?

— É.

Não confiando na ciência da irmã, Luciana pegou o livro, avizinhou-se de mamãe, apontou o nome que negrejava na carta, junto aos pés do periquito:

— Diga isto aqui, mamãe.

— Minsk.

— Engraçado. Pois fica sendo Minsk, sim senhora. Caminhou muito e parou em Minsk. É Minsk.

Nomeado o periquito, Luciana dedicou-se inteiramente a ele: mostrou-lhe os quartos, os móveis, as árvores do quintal, apresentou-o ao gato, recomendando-lhes que fossem amigos. Explicou miudamente que Minsk não era um rato e, portanto, não devia ser comido. Advertência desnecessária: o bichano, obeso, tinha degenerado, perdido o faro, e queria viver em paz com todas as criaturas. Aceitou a nova camaradagem e, dias depois, estirado numa faixa de sol, cerrava os olhos e aguentava paciente bicoradas na cabeça. Essa estranha associação lisonjeou Luciana, que supôs ter vencido o instinto carniceiro da pequena fera e a mimoseou com as sobras da afeição dispensada ao periquito.

O instinto de mamãe é que não se modificava: de quando em quando lá vinham arrelias, censuras, cocorotes e puxões de orelhas, porque Luciana era espevitada, fugia regularmente de casa, desprezava as bonecas da irmã e estimava a companhia de seu Adão carroceiro.

— Luciana!

Luciana estava no mundo da lua, monologando, imaginando casos romanescos, viagens para lá da esquina, com figuras misteriosas que às vezes se uniam, outras vezes se multiplicavam.

A chegada de Minsk alterou os hábitos da garota, mas isto no começo passou despercebido e mamãe continuou a fiscalizar o ferrolho alto da porta, a afastar as cadeiras da janela, excelente para fugas. Pouco a pouco cessaram as precauções — e as amigas invisíveis de d. Henriqueta da Boa-Vista deixaram de visitá-la. D. Henriqueta da Boa-Vista era a personalidade que Luciana adotava quando se erguia nas pontas dos pés, a boca pintada, as unhas pintadas, bancando moça. Perdeu o costume de andar assim, ganhar cinco centímetros apoiando os calcanhares nos tacões inexistentes de d. Henriqueta da Boa-Vista, esqueceu as escapadas, as aventuras na carroça de seu Adão.

— Luciana!

Agora Luciana se encolhia pelos cantos, vagarosa, Minsk empoleirado no ombro. Sentia-se novamente miúda, quase uma ave, e tagarelava, dizia as complicações que lhe fervilhavam no interior, coisas a que de ordinário ninguém ligava importância, repelidas com aspereza. Mamãe saía dos trilhos sem motivo. A criada negra, rabugenta, estúpida, grunhia: —"Hum! hum!" Maria Júlia era aquela preguiça, aquela carne bamba, dessorada, e comportava-se direito em cima de revistas e bruxas de pano, triste. Papai sumia-se de manhã, voltava à noite, lia o jornal. E tio Severino, idoso, considerado, sentava-se na cadeira de braços e falava difícil. Nenhum desses viventes percebia as conversas de Luciana. Seu Adão carroceiro é que procurava decifrá-las, em vão: arredondava os bugalhos brancos, estirava o beiço grosso, coçava o pixaim, desanimado. Por isso Luciana inventava interlocutores, fazia confidências às árvores do quintal e às paredes. Esse exercício, agradável durante minutos, acabava sempre fatigando-a. As sombras misturavam-se, esvaíam-se. Afinal desapareceram, substituídas pelo periquito, colorido e ruidoso, de espírito dócil e compreensivo.

— Minsk!

Minsk arregalava o olho, engrossava o pescoço, crescia para receber a carícia:

— Eh! eh!

Antes de amanhecer estalava na casa o grito agudo que aperreava mamãe. Uma ponta da coberta descia da cama da menina. O periquito se chegava banzeiro, arrastando os pés apalhetados, segurava-se ao pano com as unhas e o bico, subia. Os braços magros de Luciana curvavam-se sobre o peito chato, formavam um ninho. E os dois cochilavam um ligeiro sonho doce.

Minsk era também um ser disposto às aventuras e à liberdade. Agitavam-no caprichos, confusas recordações do mato, e batia as asas, alcançava a copa da mangueira, voava daí, passava algumas horas vadiando pela vizinhança. Satisfeitos esses ímpetos de selvagem, regressava, pulava dos galhos, pezunhava no chão, doméstico e trôpego. Se se demorava na pândega, Luciana, inquieta, subia à janela da cozinha, sondava os arredores, bradava com desespero, até que ouvia duas notas estridentes, localizava o fugitivo, saía de casa como um redemoinho, empurrava as portas, estabanada:

— Quero o meu periquito.

Entrava sem cerimônia, dava buscas, voltava triunfante, com o vagabundo no ombro. Virava o rosto, enviava-lhe beijos. Minsk se equilibrava agarrando-se à alça da camisa dela, metia a cabeça no cabelo revolto, bicava delicadamente as orelhas e o couro cabeludo.

Ora, Luciana, estouvada, nunca via os lugares onde pisava. Mexia-se aos repelões, deixava em pontas e arestas fragmentos da roupa e da pele. Tinha além disso o mau vezo de andar com os olhos fechados e de costas. Sabia que essa maneira de locomover-se irritava as pessoas conhecidas, indivíduos ranzinzas, exigentes. Mas a tentação era forte. E se conseguia, de olhos fechados e de costas, atravessar o corredor e a sala de jantar, descer os degraus de cimento, chegar ao banheiro, considerava-se atilada e rejeitava as opiniões comuns. Otimismo curto. Uma pisada em falso, um choque na mesa, um trambolhão, e o orgulho se desmanchava. Um calombo aparecia no quengo, engrossava, justificava as impertinências caseiras. Luciana baixava a crista, humilhada. Necessário recomeçar as experiências, até acertar.

Um dia em que marchava assim pisou num objeto mole, ouviu um grito. Levantou o pé, sentindo pouco mais ou menos o que sentira ao ferir-se num caco de vidro. Virou-se, alarmada, sem perceber o que estava acontecendo. Havia uma desgraça, com certeza havia uma desgraça. Ficou um minuto perplexa, e quando a confusão se dissipou, sacudiu a cabeça, não querendo entender.

— Minsk!

A aflição repercutiu na casa, ofendeu os ouvidos de mamãe, de Maria Júlia, da cozinheira, chegou ao quintal e à rua.

— Minsk! gritou mais baixo. Parecia que era ela que estava ali estendida no tijolo, verde e amarela, tingindo-se de vermelho. Era ela que se tinha pisado e morria, trouxa de penas ensanguentadas. Minsk. Devia ser um sonho ruim, com lobisomens e bichos perversos. Os lobisomens iam surgir. Por que não acordava logo, Deus do céu? Saltar a janela, andar em ruas distantes, entrar na carroça de seu Adão.

— Minsk!

Ele ia exibir-se, fofo, importante, banzeiro, arrastando os pés, todo frocado: —"Eh! eh!"

— Não morra, Minsk.

Pobrezinho. Como aquilo doía! Um bolo na garganta, peso imenso por dentro, qualquer coisa a rasgar-se, a estalar.

— Minsk!

Ele estava sentindo também aquilo. Horrível semelhante enormidade arrumar-se no coração da gente. Por que não lhe tinham dito que o desastre ia suceder? Não tinham. Ameaças de pancadas, quedas, esfoladuras, coisas simples, sofrimentos ligeiros que logo se sumiam sob tiras de esparadrapo. O que agora havia se diferençava das outras dores.

Os movimentos de Minsk eram quase imperceptíveis; as penas amarelas, verdes, vermelhas, esmoreciam por detrás de um nevoeiro branco.

— Minsk!

A mancha pequena agitava-se de leve, tentava exprimir-se num beijo:

— Eh! eh!

Uma visita

O diretor da revista, o romancista novo e a cantora de rádio saíram do automóvel, atravessaram a cancela, penetraram na quinta, onde bichos invisíveis acordaram com o rumor dos passos na areia. Chegaram-se à casa. O escritor decadente recebeu-os à entrada, cheio de sorrisos. Só conhecia o diretor da revista, mas baralhou as apresentações, multiplicou os abraços e bateu castanholas com os dedos para demonstrar que eram todos amigos velhos.

Entraram. Os visitantes não sabiam direito que tinham ido fazer. O diretor da revista recebera o convite e levara no carro dois companheiros disponíveis. Na sala encontraram um velho bicudo e um rapaz zarolho, que, logo nas primeiras palavras, se manifestaram torcedores do escritor decadente.

Iniciou-se uma conversa ambígua, em que as seis pessoas, desorientadas, cantavam loas umas às outras. O velho bicudo xingou de poetisa a cantora de rádio e o romancista novo foi considerado jornalista. Sentaram-se.

Uma pretinha de olho vivo trouxe uma bandeja de café, o escritor decadente distribuiu as xícaras

— e pouco a pouco se tornou claro o fim da reunião. A princípio houve frases vagas, equívocos, depois a ameaça definiu-se e o papel datilografado surgiu de repente em cima da mesa.

A pretinha de olho vivo retirou a bandeja. O velho bicudo e o rapaz zarolho aproximaram as cadeiras. O romancista novo, o diretor da revista e a cantora de rádio, inquietos, consultaram o relógio, que marcava dez horas por cima da cabeça do dono da casa, e pediram a Deus um trabalho pequeno ou longo demais, tão longo que não pudesse ler-se numa noite. Avaliaram o número de páginas, verificaram se as linhas estavam espaçadas e desanimaram: a obra inédita não era curta nem comprida. E a leitura principiou, fanhosa, encatarroada, com um pigarro que findava em assobio encerrando os períodos extensos.

— Bonito, exclamou o velho bicudo.

Como o aplauso era inoportuno, o escritor decadente fez uma pausa e atentou no velho com severidade. A pupila certa do zarolho aprovou o dono da casa, a outra fixou-se na porta e mostrou aborrecimento profundo.

— Isto merece explicação, murmurou a voz fanhosa adoçando-se.

— Perfeitamente, concordou o diretor da revista.

Mas não ligou importância à explicação: examinou os móveis antigos e a cabeça do escritor decadente, uma cabeça esquisita, com jeito de pão de açúcar, rodeada de cabelos brancos, pelada no cocuruto, semelhante a uma coroa de frade.

Que haveria nos papéis? Então aquele homem não tinha experiência, não compreendia que uma leitura assim era inútil, ninguém prestava atenção ao que ele dizia? Calculou o espaço que as folhas poderiam tomar na revista ou no suplemento semanal de um jornal grande. Seria melhor que o homem tivesse feito artigos. Claro. Artigos de cem ou duzentos mil-réis. Talvez menos, provavelmente menos de cem.

— Ótimo, bradou percebendo um assobio mais forte que rematava capítulo.

E imediatamente pensou na tiragem da revista, procurou descobrir o motivo da redução que tinha aparecido nos últimos números. Precisava mudar uns correspondentes ineptos e ocupar-se mais com a matéria paga. Por que teria sido aquela diminuição? Lembrou-se de várias causas e afinal encolheu os ombros. Sabia lá! O público tem caprichos, não se pode afirmar que isto ou aquilo vai agradar. Às vezes gosta de um sujeito e de repente cansa.

Sentiu as pálpebras pesadas, reprimiu um bocejo, continuou a dizer no interior:

— De repente cansa.

Mas ignorava a quem se referia. Um galo cantou na quinta adormecida, um cachorro vagabundo uivou longe.

— Cansa, cansa.

Repetindo a palavra, tentava firmar o pensamento em qualquer coisa e vencer o sono. Endireitou-se na cadeira, abriu muito os olhos, esforçou-se por conservá-los escancarados. Não produzindo efeito o exercício a que se entregava, fez uma tentativa desesperada para alcançar a significação da prosa que vinha dos pulmões cavernosos do homem. Prosa que vinha dos pulmões cavernosos? Não era isto. Dos pulmões cavernosos vinham um pouco de ar viciado que passava por vários lugares e se transformava em prosa. Que lugares? Não sabia. Em todo o caso era fenômeno curioso o ar converter-se em prosa medida, certinha, gramatical.

Notou que o sono tinha fugido, convenceu-se de que possuía muita força de vontade e seria capaz de passar a noite ali, obrigando as ideias disciplinadas a marchar para entretê-lo. Quis recordar novamente a escassez da matéria paga, os correspondentes e a redução da tiragem, mas desviou-se deste assunto que lhe havia provocado o entorpecimento. Observou, com simulada indiferença, os seios e um pedaço de nádega da cantora de rádio.

— Boa.

Infelizmente estava sentada. Em pé, caminhando, era magnífica.

— Sim senhor, muito boa.

No automóvel, roçara por acaso a coxa dela. Um sopro nauseabundo transformar-se em prosa artística.

Bonita frase. Resolveu aproveitá-la em conversa, mas achou que ficaria melhor escrita. Desanimou: estava agora quase certo de a ter lido. Por acaso, naturalmente. Lá vinha de novo um bocejo a descerrar-lhe os beiços, afastar-lhe as queixadas. Por acaso, naturalmente. As ideias misturavam-se. Que é que tinha acontecido por acaso? Tentou lembrar-se, enquanto olhava o nariz, a boca funda e a testa proeminente do velho bicudo, uma cara que, vista de perfil, semelhava uma faca cheia de dentes. Por acaso. Sim, encostara a perna por acaso na coxa da cantora. E deixara-se ficar junto dela, sacudido pelos movimentos do carro, amolecido, como se a perna já não fosse dele.

— Boa, muito boa.

Um sorriso largo imobilizou lhe os músculos do rosto, um calafrio correu-lhe o corpo. E derreou-se na cadeira, vencido pelo calor.

A voz fanhosa tinha baixado, era um zumbido inexpressivo. O cachorro tornou a uivar, o galo cantou novamente. Um vento morno entrava por uma janela, agitava os penduricalhos do abajur e os cabelos que enfeitavam o crânio polido e vermelho do escritor decadente.

Quando a pretinha de olho vivo se retirou com a bandeja, o romancista novo meteu a mão no bolso para tirar um cigarro. Depois do café, nunca deixava de fumar. O escritor decadente empilhava os papéis em cima da mesa e estendia-se em considerações sobre o trabalho que ia ler.

— Admirável, balbuciou o romancista novo procurando o cinzeiro.

Mas o cinzeiro estava no outro lado da mesa, perto do rapaz zarolho. A leitura começou, o velho bicudo exclamou "Bonito" e recebeu uma censura muda.

— Vou passar a noite sem fumar, suspirou o romancista novo furioso, sorrindo e balançando a cabeça num gesto de aprovação.

Teve acanhamento de interromper a cerimônia indo buscar ou pedindo o cinzeiro: ficou sentado com a mão no bolso, machucando o cigarro, projetando vinganças. Aperreava-o aquele horrível calor, o vento morno que lhe aquecia as orelhas. Começava a antipatizar fortemente com o rapaz zarolho. Tinha conhecido um sujeito como aquele muitos anos antes. Onde? quando? Uma cara assim pálida, um bugalho zombeteiro. Quem seria? Procurou, procurou, afinal renunciou à busca e pensou nas amabilidades pérfidas que um crítico lhe endereçara na véspera, lisonjas suficientes para arrasar um livro. Teria sido melhor receber um ataque feroz, em redação de carta anônima, desses que aparecem às vezes nas folhas da província. Odiou o crítico. Safadeza: louvara exatamente as coisas mais bestas que ele havia escrito.

Sentiu a pupila do zarolho fiscalizando-o, teve a

impressão de que o tipo mangava dele. Virou o rosto, notou que as pálpebras do diretor da revista se cerravam, temeu adormecer também.

Na sala quente a voz fanhosa e encatarroada zumbia, o velho bicudo erguia os braços com entusiasmo, aproximava-os como se quisesse bater palmas.

— Cretino.

De repente a figura esquecida surgiu. Era o professor de geografia, um horror que tinha aquele olho vidrado, parecia não ligar importância às pessoas a quem se dirigia, examinava os objetos afastados, vigiava sem querer todos os alunos. Lembrou-se de que esse professor de geografia venerava o escritor decadente. Fora ele que, nas horas de recreio, lhe impingira a literatura oca e palavrosa que agora ouvia distraído. Recordou o que experimentara naquele tempo, menino de calças curtas, leitor de romances de capa e espada, livros de viagens e contos obscenos. O diabo do vesgo lhe pusera nas mãos um volume cheio de arrumações difíceis. Indignara-se, resistira à influência do mestre, que pregava o dedo amarelo numa página, tentava mostrar-lhe com paciência belezas imperceptíveis. Tinha-se habituado às viagens maravilhosas, aos folhetins, às histórias indecentes. As personagens da ficção iam visitá-lo na cama. E uma peste lhe afirmava que o que valia era aquilo: palavras incompreensíveis, dispostas cuidadosamente. Chorara, despedira-se dos seus queridos heróis das aventuras. Estúpido. Julgara-se estúpido por não descobrir o que havia de bom na obra recomendada.

O autor agora estava ali, despejando frases da boca mole, gargarejando vogais sonoras no fim dos períodos.

— Estúpido, estúpido.

Alegrou-se dizendo mentalmente que o homem era estúpido. E sorria, balançando a cabeça, aprovando aquelas misérias.

A necessidade de fumar tornou a aparecer-lhe. Voltou-se, tentou medir a distância que o separava do cinzeiro, ainda se remexeu para ir buscá-lo. Ninguém lhe percebeu a intenção. O diretor da revista cochilava. Os outros fingiam escutar a leitura. Apenas o zarolho fixava nele o bugalho.

— Patife.

A associação que se havia operado no espírito do romancista novo fez que o insulto resmungado se aplicasse indiferentemente ao rapaz zarolho e ao professor de geografia.

O vento morno continuava a entrar pela janela.

Um cinzeiro à disposição de um sujeito que não fumava. Tudo assim, tudo mal distribuído.

Machucava cigarros inúteis e sentia-se leve, o vento morno o transportava para longe dali.

— Patife. Era o professor de geografia, o bruto odioso que lhe incutira confusão terrível na pobre cabeça. Um dedo amarelo sublinhando as expressões

mais vistosas, um olho torto e severo ameaçando autores ausentes, o outro admirando guloso o livro aberto.
— Canalha. Evitara o bicho desalmado, mas assistira à morte dos heróis de capa e espada, ficara muito tempo desgostoso, sem achar quem os substituísse. E uma dúvida começara a roê-lo. Teriam as palavras desusadas mais valor que as ordinárias? Não gostava delas, adormecia lendo-as, mas invadira-o um medo supersticioso do literato incompreensível.

Ainda agora, soprando no calor e triturando cigarros, conservava aquele receio vago. Talvez na prosa balofa e antiquada houvesse qualquer coisa que ele não podia sentir. O escritor decadente, um pobre-diabo, tivera admiradores sinceros. Seria realmente um pobre-diabo? Onde andaria àquela hora o professor de geografia? Esforçou-se por entender alguns períodos. Inutilmente. Experimentou a mesma aversão que o enchera em criança, quando vira o dedo longo pregado na página, a unha amarela indicando mistérios.

O cachorro distante uivou pela segunda vez. Em que estariam pensando as criaturas ali presentes? O velho bicudo extasiava-se num sorriso baboso. Uma parte do zarolho escutava a leitura e o resto se enjoava em excesso. O diretor da revista escancarava os olhos, resistindo ao sono. A cantora de rádio pregava um cotovelo na mesa e encostava a testa na palma da mão. Nem se mexia.

No momento em que a moleca retirou as xícaras e a bandeja, a cantora viu o monte de folhas, notou o perigo, estudou as caras dos companheiros. Em seguida encolheu-se e baixou a cabeça. Pouco a pouco, embalada pela música fanhosa, distraiu-se, brincando com a pulseira. No calor medonho o vestido apertado incomodava-a demais, as calças molhadas de suor colavam-se-lhe às coxas. Se estivesse em casa, meter-se-ia no banheiro. Abriu a bolsa, tirou o lápis miúdo e a caderneta, rabiscou um número de telefone.

O escritor decadente interpretou isso mal, suspendeu a leitura e mandou-lhe um fúnebre sorriso de agradecimento.

A cantora de rádio continuou a bulir na pulseira, pensou com desgosto no marido, de quem mal recordava as feições. Em três anos de afastamento esquecera-o. Se o encontrasse na rua, passaria indiferente. No princípio da separação imaginara que se arriscava: aquela pessoa antipática se havia grudado a ela, era um órgão necessário. Receava a amputação. Contudo o pedaço cortado não lhe fizera nenhuma falta.

O galo cantou, o cachorro uivou, mas a moça não os ouviu. Lembrava-se da vida de solteira, das praias de banhos e do carnaval, da liberdade que o casamento suprimira. Licença para sair, hora certa para entrar, um indivíduo ciumento a arredá-la das janelas, a determinar-lhe o comprimento dos cabelos e o decote

dos vestidos. Chateava-se. Não queria enganar o tipo a que se tinha juntado, mas aquela intromissão nos seus gostos dava-lhe fúrias de rebentar pratos. Nunca rebentara nada. Como era de natureza tranquila, aguentara um ano de amolação. Afinal se desligara.
O sapato do zarolho encontrou-lhe o pé por baixo da mesa e logo se desviou. As peças do mecanismo da cantora funcionaram com o fim de levantar os ombros, estirar o beiço inferior, produzir uma ligeira expiração pelo nariz e pequenas oscilações de cabeça, mas receberam impulso fraco, e os movimentos esboçados foram quase imperceptíveis. A moça permaneceu com o cotovelo sobre a mesa e a testa apoiada na palma da mão. Estava cansada, morrinhenta, as coxas num banho de suor. Quando o sapato do vizinho lhe tocou pela segunda vez o pé, virou com dificuldade a cabeça, ergueu as pálpebras pesadas, estendeu o braço livre e segurou molemente o cinzeiro. O zarolho desviou a cadeira com precipitação.
Cansada, amodorrada, a fisionomia do marido avivando-se e desbotando. A voz antiga reapareceu, fanhosa, ranzinza, dando leis a respeito do corte dos cabelos e da cor da roupa. Hora para sair, hora para entrar — e ela andava na rua como se estivesse amarrada por um cordel.
Olhou os livros das estantes, teve a impressão de que eles haviam sido pigarreados por vozes fanhosas, ouvidas por pessoas sonolentas, em noites de calor.

E todas as vozes ordenavam que as mulheres fossem marionetes, puxadas a cordões.

Estirou as pernas entorpecidas, espreguiçou-se na cadeira, moderadamente, percebeu o tique-taque do relógio, a pancada de uma porta, um uivo lamentoso a distância. Voltou a cabeça para o mostrador. Mas levantou-se antes de ver os ponteiros.

Estavam todos de pé. O velho bicudo dava pulinhos e agitava os braços como se quisesse voar; o rapaz zarolho tinha um brilho de entusiasmo no olho certo; o romancista novo murmurava amabilidades que estivera a compor no fim da leitura; o diretor da revista, arrancado aos cochilos, engasgava-se e apertava atrapalhado as mãos do dono da casa.

— Lindo, lindo, exclamou a cantora de rádio.

Não achou coisa melhor para dizer. Também não desejava mostrar-se. Queria livrar-se depressa, rodar para casa, tirar a roupa molhada, tomar um banho e dormir.

— Lindo, muito lindo.

Ajeitou o chapéu, agarrou a bolsa e as luvas.

Retiraram-se.

O escritor decadente acompanhou-os ao portão balbuciando agradecimentos. Quando o automóvel se afastou, recolheu-se, meio trôpego, ficou à porta, esfregando as mãos, levemente comovido. Depois abraçou o rapaz zarolho e o velho bicudo. Supunha que os três lá fora lhe atacavam ferozmente a literatura. Sacudiu a cabeça, tornou a esfregar as mãos: tinha tido um pequeno triunfo e não queria pensar em coisas tristes.

Insônia

Sim ou não? Esta pergunta surgiu-me de chofre o sono profundo e acordou-me. A inércia findou num instante, o corpo morto levantou-se rápido, como se fosse impelido por um maquinismo.

Sim ou não? Para bem dizer não era pergunta, voz interior ou fantasmagoria de sonho: era uma espécie de mão poderosa que me agarrava os cabelos e me levantava do colchão, brutalmente, me sentava na cama, arrepiado e aturdido. Nunca ninguém despertou de semelhante maneira. Uma garra segurando-me os cabelos, puxando-me para cima, forçando-me a erguer o espinhaço, e a voz soprava aos meus ouvidos, gritada aos meus ouvidos: — "Sim ou não?"

Nada sei: estou atordoado e preciso continuar a dormir, não pensar, não desejar, matéria fria e impotente. Bicho inferior, planta ou pedra, num colchão.

De repente a modorra cessou, a mola me suspendeu e a interrogação absurda me entrou nos ouvidos: — "Sim ou não?" Encostar de novo a cabeça ao travesseiro e continuar a dormir, dormir sempre. Mas o desgraçado corpo está erguido e não tolera a posição horizontal. Poderei dormir sentado?

Um, dois, um, dois. Certamente são as pancadas de um pêndulo inexistente. Um, dois, um, dois. Ouvindo isto, acabarei dormindo sentado. E escorregarei no colchão, mergulharei a cabeça no travesseiro, como um bruto, levantar-me-ei tranquilo com os rumores da rua, os pregões dos vendedores, que nunca escuto.

Um, dois, um, dois. Não consigo estirar-me na cama, embrutecer-me novamente: impossível a adaptação aos lençóis e às coisas moles que enchem o colchão e os travesseiros. Certamente aquilo foi alucinação, esforço-me por acreditar que uma alucinação me agarrou os cabelos e me conservou deste modo, inteiriçado, os olhos muito abertos, cheio de pavores. Que pavores? Por que tremo, tento sustentar-me em coisas passadas, frágeis, teias de aranha?

Sim ou não? Estarei completamente doido ou oscilarei ainda entre a razão e a loucura? Estou bem, é claro. Tudo em redor se conserva em ordem: a cama larga não aumentou nem diminuiu, as paredes sumiram-se depois que apertei o botão do comutador, a faixa de luz que varre o quarto é comum, igual à que ontem me feriu os olhos e me despertou subitamente.

Por que fui imaginar que este jato de luz é diferente dos outros e funesto? Caí na cama e rolei fora daqui nem sei que tempo, longe, muito longe, gastando-me no espaço. Partículas minhas boiaram à toa entre os mundos. De repente uma janela se abriu na casa vizinha, um jorro de luz atravessou-me a vidraça, entrou-me em casa e interrompeu a ausência prolongada. Sim ou não? Quem me está fazendo na sombra esta horrível pergunta? Com a golfada de luz que penetrou a vidraça, alguém chegou, pegou-me os cabelos, levantou-me do colchão, gritou-me as palavras sem sentido e escondeu-se num canto. Arregalo os olhos, tento convencer-me de que a luz é ordinária, emanação de um foco ordinário aqui da casa próxima. Se alguém tivesse torcido uma lâmpada para a esquerda ou tocado um botão na parede, eu teria continuado a rolar na imensidão, fora da terra. Mas isto não se deu — e a réstia que me divide o quarto muda-se em pessoa.

Quem está aqui? Será um ladrão? Aventura inútil, trabalho perdido. Não possuo nada que se possa roubar. Se um ladrão passou pelos vidros, procurá-lo-ei tateando, encontrá-lo-ei num canto de parede e direi baixinho, para não amedrontá-lo: — "Não te posso dar nada, meu filho. Volta para o lugar donde vieste, atravessa novamente os vidros. E deixa-me aí qualquer coisa." Não, nenhum ladrão se engana comigo. Contudo alguém me entrou em casa, está perto de mim, repetindo as palavras que me endoidecem: — "Sim ou não?"

Sim, não, sim, não. Um relógio tenta chamar-me à realidade. Que tempo dormi? Esperarei até que o relógio bata de novo e me diga que vivi mais meia hora, dentro deste horrível jato de luz.

Um, dois, um, dois. Tudo isto é ilusão. Ouvi uma pancada dentro da noite, mas não sei se o relógio está longe ou perto: o tique-taque dele é muito próximo e muito distante.

Sim ou não? Deverei levantar-me, andar, convencer-me de que saí daquele sono de morte e posso mexer-me como um vivente qualquer, ir, vir, chegar à janela e receber o ar da madrugada? Impossível mover-me. Para alcançar a janela preciso atravessar esta claridade que me fende o quarto como uma cunha, rasga a escuridão, fria, dura, crua. Se a escuridão fosse completa, eu conseguiria encostar-me de novo, cerrar os olhos, pensar num encontro que tive durante o dia, recordar uma frase, um rosto, a mão que me apertou os dedos, mentiras sussurradas inutilmente.

O relógio lá embaixo torna a bater. Conto as pancadas e engano-me. Duas ou três? Daqui a uma hora certificar-me-ei. Uma hora imóvel, os cotovelos pregados nos joelhos, o queixo nas mãos, os dedos sentindo a dureza dos ossos da cara. O que há de sensível nesta carcaça trêmula concentrou-se nos dedos, e os dedos apalpam ossos de caveira.

Um, dois, um, dois. Evidentemente me equivoco, não ouço o tiquetaquear do pêndulo: o relógio afastou-se, gastará uma eternidade para me dizer se foram duas ou três as pancadas que me penetraram a carne e rebentaram ossos.

Que está aqui, a martelar no escuro, sim ou não, sim ou não, roendo-me, roendo-me? Será um rato faminto que roeu a porta, se chegou a mim e continuou a roer interminavelmente? Não. Se fosse um rato, eu me levantaria, iria enxotá-lo. Usaria as pernas, que se tornaram de chumbo, atravessaria a zona luminosa, acenderia um cigarro.

Houve agora uma pausa nesta agonia, todos os rumores se dissiparam, a vidraça escureceu, o soalho fugiu-me dos pés — e senti-me cair devagar na treva absoluta. Subitamente um foguete rasga a treva e um arrepio sacode-me. Na queda imensa deixei a cama, alcancei a mesa, vim fumar.

Sim ou não? A pergunta corta a noite longa. Parece que a cidade se encheu de igrejas, e em todas as igrejas há sinos tocando, lúgubres: "Sim ou não? Sim ou não?" Por que é que estes sinos tocam fora de hora, adiantadamente?

A pessoa invisível que me persegue não se contenta com a interrogação multiplicada: aperta-me o pescoço. Tenho um nó na garganta, unhas me ferem, uma horrível gravata me estrangula. Por que estão rindo? Hem?

Por que estão rindo aqui no meu quarto? An, an! An, an! Não há motivo. An, an! An, an! Um sujeito acordou no meio da noite, não reatou o sono, veio sentar-se à mesa e fumar. Apenas. Inteiramente calmo, os cotovelos pregados na madeira, o queixo apoiado nas munhecas, o cigarro preso nos dentes, os dedos quase parados percorrendo as excrescências de uma caveira. Toda a carne fugiu, toda a carne apodreceu e foi comida pelos vermes. Um feixe de ossos, escorado à mesa, fuma. Um esqueleto veio da cama até aqui, sacolejando-se, rangendo.

Sim ou não? Lá está o diabo do relógio a tiquetaquear, a matracar: — "Sim ou não?" Desejaria que me deixassem em paz, não me viessem fazer perguntas a esta hora. Se pudesse baixar a cabeça, descansaria talvez, dormiria junto à pilha de livros, despertaria quando o sol entrasse pela janela.

Um, dois, um, dois. Que me dizia ontem à tarde aquele homem risonho, perto de uma vitrina? Tão amável! Penso que discordei dele e achei tudo ruim na vida. O homem amável sorriu para não me contrariar. Provavelmente está dormindo.

Terá parado, o maldito relógio? Terá batido enquanto me ausentei, consumi séculos da cama para aqui?

Um silêncio grande envolve o mundo. Contudo a voz que me aflige continua a mergulhar-me nos ouvidos, a apertar-me o pescoço. Estremeço. Como é possível semelhante coisa? Como é possível uma voz apertar o pescoço de alguém? Rio, tento libertar-me da loucura que me puxa para uma nova queda, explico a mim mesmo que o que me aperta o pescoço não é uma voz: é uma gravata. A voz diz apenas: — "Sim ou não?" Hem? Que vou responder?

Há uma terrível injustiça. Por que dormem os outros homens e eu fico arriado sobre uma tábua, encolhido, as falanges descarnadas contornando órbitas vazias? Hem? Os vermes insaciáveis dizem baixinho: — "Sim ou não?"

A luz que vinha da casa próxima desapareceu, a vidraça apagou-se, e este quarto é uma sepultura. Uma sepultura onde pedaços do mundo se ampliam desesperadamente.

Sim ou não? Como entraram aqui estas palavras? por onde entraram estas palavras?

Enforcaram-me, decompus-me, os meus ossos caíram sobre a mesa, junto ao cinzeiro, onde pontas de cigarros se acumulam. Estou só e morto. Quem me chama lá de fora, quem me quer afastar do túmulo, obrigar-me a andar na rua, tomar o bonde, entrar no café?

Sim ou não? Sei lá! Antes de morrer, agitei-me como doido, corri como doido, enorme ansiedade me consumiu. Agora estou imóvel e tranquilo. Como posso fumar se estou imóvel e tranquilo? A brasa do cigarro desloca-se vagarosamente, chega-me à boca, aviva-se, foge, empalidece. É uma brasa animada, vai e vem, solta no ar, como um fogo-fátuo. Os meus dedos estão longe dela, frios e sem carne, metidos em órbitas vazias. Toda a vontade sumiu-se, derreteu-se — e a brasa é um olho zombeteiro. Vai e vem, lenta, vai e vem, parece que me está perguntando qualquer coisa.

Evidentemente sou um sujeito feliz. Hem? Feliz e imóvel. Se alguém comprimisse ali o botão do comutador, eu veria no espelho uma cara sossegada, a mesma que vejo todos os dias, inexpressiva, indiferente, um sorriso idiota pregado nos beiços.

Amanhã comportar-me-ei direito, amarrarei uma gravata ao pescoço, percorrerei as ruas como um bicho doméstico, um cidadão comum, arrastado para aqui, para acolá, dizendo frases convenientes. Feliz, completamente feliz.

Novos foguetes rompem a escuridão e acendem novos cigarros. Feliz e imóvel. Se a noite findasse, erguer-me-ia, caminharia como os outros, entraria no banheiro, livrar-me-ia das impurezas que me estão coladas nos ossos. Mas a noite não finda, todos os relógios descansaram — e a terra está imóvel como eu.

O silêncio é um burburinho confuso, um sopro monótono. Parece que um grande vento se derrama gemendo sobre as árvores dos quintais vizinhos. Um zumbido longo de abelhas. E as abelhas partem os vidros da janela escura, o vento vem lamber-me os ossos, enrolar-se no meu pescoço como uma gravata.

Frio. A tocha quase apagada do cigarro treme; os dedos, que percorrem buracos de órbitas vazias, tremem. E a tremura reproduz o tique-taque de um relógio. Desejaria conversar, voltar a ser homem, sustentar uma opinião qualquer, defender-me de inimigos invisíveis. As ideias amorteceram como a brasa do cigarro. O frio sacode-me os ossos. E os ossos chocalham a pergunta invariável: — Sim ou não? Sim ou não? Sim ou não?

A terra dos meninos pelados

1

Havia um menino diferente dos outros meninos: tinha o olho direito preto, o esquerdo azul e a cabeça pelada. Os vizinhos mangavam dele e gritavam:

— Ó pelado!

Tanto gritaram que ele se acostumou, achou o apelido certo, deu para se assinar a carvão, nas paredes: Dr. Raimundo Pelado. Era de bom gênio e não se zangava; mas os garotos dos arredores fugiam ao vê--lo, escondiam-se por detrás das árvores da rua, mudavam a voz e perguntavam que fim tinham levado os cabelos dele. Raimundo entristecia e fechava o olho direito. Quando o aperreavam demais, aborrecia-se, fechava o olho esquerdo. E a cara ficava toda escura.

Não tendo com quem entender-se, Raimundo Pelado falava só, e os outros pensavam que ele estava malucando.

Estava nada! Conversava sozinho e desenhava na calçada coisas maravilhosas do país de Tatipirun, onde não há cabelos e as pessoas têm um olho preto e outro azul.

2

Um dia em que ele preparava com areia molhada a serra de Taquaritu e o rio das Sete Cabeças, ouviu os gritos dos meninos escondidos por detrás das árvores e sentiu um baque no coração.

— Quem raspou a cabeça dele? perguntou o moleque do tabuleiro.

— Como botaram os olhos de duas criaturas numa cara? berrou o italianinho da esquina.

— Era melhor que me deixassem quieto, disse Raimundo baixinho.

Encolheu-se e fechou o olho direito. Em seguida foi fechando o olho esquerdo, não enxergou mais a rua. As vozes dos moleques desapareceram, só se ouvia a cantiga das cigarras. Afinal as cigarras se calaram.

Raimundo levantou-se, entrou em casa, atravessou o quintal e ganhou o morro. Aí começaram a surgir as coisas estranhas que há na terra de Tatipirun, coisas que ele tinha adivinhado, mas nunca tinha visto. Sentiu uma grande surpresa ao notar que Tatipirun ficava ali perto de casa. Foi andando na ladeira, mas não precisava subir: enquanto caminhava, o monte ia baixando, baixando, aplanava-se como uma folha de papel. E o caminho, cheio de curvas, estirava-se como uma linha. Depois que ele passava, a ladeira tornava a empinar-se e a estrada se enchia de voltas novamente.

3

— Querem ver que isto por aqui já é a serra de Taquaritu? pensou Raimundo.

— Como é que você sabe? roncou um automóvel perto dele.

O pequeno voltou-se assustado e quis desviar-se, mas não teve tempo. O automóvel estava ali em cima, pega não pega. Era um carro esquisito: em vez de faróis, tinha dois olhos grandes, um azul, outro preto.

— Estou frito, suspirou o viajante esmorecendo.

Mas o automóvel piscou o olho preto e animou-o com um riso grosso de buzina:

— Deixe de besteira seu Raimundo. Em Tatipirun nós não atropelamos ninguém.

Levantou as rodas da frente, armou um salto, passou por cima da cabeça do menino, foi cair cinquenta metros adiante e continuou a rodar fonfonando. Uma laranjeira que estava no meio da estrada afastou-se para deixar a passagem livre e disse toda amável:

— Faz favor.

— Não se incomode, agradeceu o pequeno. A senhora é muito educada.

— Tudo aqui é assim, respondeu a laranjeira.

— Está se vendo. A propósito, por que é que a senhora não tem espinhos?

— Em Tatipirun ninguém usa espinhos, bradou a laranjeira ofendida. Como se faz semelhante pergunta a uma planta decente?

— É que sou de fora, gemeu Raimundo envergonhado. Nunca andei por estas bandas. A senhora me desculpe. Na minha terra os indivíduos de sua família têm espinhos.

— Aqui era assim antigamente, explicou a árvore. Agora os costumes são outros. Hoje em dia, o único sujeito que ainda conserva esses instrumentos perfurantes é o espinheiro-bravo, um tipo selvagem, de maus bofes. Conhece-o?

— Eu não senhora. Não conheço ninguém por esta zona.

— É bom não conhecer. Aceita uma laranja?

— Se a senhora quiser dar, eu aceito.

A árvore baixou um ramo e entregou ao pirralho uma laranja madura e grande.

— Muito agradecido, d. Laranjeira. A senhora é uma pessoa direita. Adeus. Tem a bondade de me ensinar o caminho?

— É esse mesmo. Vá seguindo sempre. Todos os caminhos são certos.

— Eu queria ver se encontrava os meninos pelados.

— Encontra. Vá seguindo. Andam por aí.

— Uns que têm um olho azul e outro preto?

— Sem dúvida. Toda gente tem um olho azul e outro preto.
— Pois até logo, d. Laranjeira. Passe bem.
— Divirta-se.

4

Raimundo continuou a caminhada, chupando a laranja e escutando as cigarras, umas cigarras graúdas que passeavam sobre discos de vitrola enormes. Os discos giravam, soltos no ar, as cigarras não descansavam — e havia em toda a parte músicas estranhas, como nunca ninguém ouviu. Aranhas vermelhas balançavam-se em teias que se estendiam entre os galhos, teias brancas, azuis, amarelas, verdes, roxas, cor das nuvens do céu e cor do fundo do mar. Aranhas em quantidade. Os discos moviam-se, sombras redondas projetavam-se no chão, as teias agitavam-se como redes.

Raimundo deixou a serra de Taquaritu e chegou à beira do rio das Sete Cabeças, onde se reuniam os meninos pelados, bem uns quinhentos, alvos e escuros, grandes e pequenos, muito diferentes uns dos outros. Mas todos eram absolutamente calvos, tinham um olho preto e outro azul.

5

O viajante rondou por ali uns minutos, receoso de puxar conversa, pensando nos garotos que zombavam dele na rua. Foi-se chegando e sentou-se numa pedra, que se endireitou para recebê-lo. Um rapazinho aproximou-se, examinando-lhe, admirado, a roupa e os sapatos. Todos ali estavam descalços e cobertos de panos brancos, azuis, amarelos, verdes, roxos, cor das nuvens do céu e cor do fundo do mar, inteiramente iguais às teias que as aranhas vermelhas fabricavam.

— Eu queria saber se isto aqui é o país de Tatipirun, começou Raimundo.

— Naturalmente, respondeu o outro. Donde vem você?

Raimundo inventou um nome atrapalhado para a cidade dele, que ficou importante:

— Venho de Cambacará. Muito longe.

— Já ouvimos falar, declarou o rapaz. Fica além da serra, não é isto?

— É isso mesmo. Uma terra de gente feia, cabeluda, com olhos de uma cor só. Fiz boa viagem e tive algumas aventuras.

— Encontrou a Caralâmpia?

— É uma laranjeira?

— Que laranjeira! É menina.

— Como ele é bobo! gritaram todos rindo e dançando. Pensa que Caralâmpia é laranjeira.

6

Raimundo levantou-se trombudo e saiu à pressa, tão encabulado que não enxergou o rio. Ia caindo dentro dele, mas as duas margens se aproximaram, a água desapareceu, e o menino com um passo chegou ao outro lado, onde se escondeu por detrás dum tronco. A terra se abriu de novo, a correnteza tornou a aparecer, fazendo um barulho grande.

— Por que é que você se esconde? perguntou o tronco baixinho. Está com medo?

— Não senhor. É que eles caçoaram de mim porque eu não conheço a Caralâmpia.

O tronco soltou uma risada e pilheriou:

— Deixe de tolice, criatura. Você se afogando em pouca água! As crianças estavam brincando. É uma gente boa.

— Sempre ouvi dizer isso. Mas debicaram comigo porque eu não conheço a Caralâmpia.

— Bobagem. Deixe de melindres.

— É mesmo, concordou Raimundo. Eu pensava nos moleques que faziam troça de mim, em Cambacará. O senhor está descansando, heim?

— É. Estou aposentado, já vivi demais.

Raimundo levantou-se:

— Bem, seu Tronco. Eu vou chegando.
— Espera aí. Um instante. Quero apresentá-lo à aranha vermelha, amiga velha que me visita sempre. Está aqui, vizinha. Este rapaz é nosso hóspede.

7

A aranha vermelha balançou-se no fio, espiando o menino por todos os lados. O fio se estirou até que o bichinho alcançou o chão. Raimundo fez um cumprimento.

— Boa-tarde, d. Aranha. Como vai a senhora?
— Assim, assim, respondeu a visitante. Perdoe a curiosidade. Por que é que você põe esses troços em cima do corpo?
— Que troços? A roupa? Pois eu havia de andar nu, d. Aranha? A senhora não está vendo que é impossível?
— Não é isso, filho de Deus. Esses arreios que você usa são medonhos. Tenho ali umas túnicas no galho onde moro. Muito bonitas. Escolha uma.

Raimundo chegou-se à árvore próxima e examinou desconfiado uns vestidos feitos daquele tecido que as aranhas vermelhas preparavam. Apalpou a fazenda, tentou rasgá-la, chegou-a ao rosto para ver se era transparente. Não era.

— Eu nem sei se poderei vestir isto, começou hesitando. Não acredito.

— Que é que você não acredita? perguntou a proprietária da alfaiataria.

— A senhora me desculpe, cochichou Raimundo. Não acredito que a gente possa vestir roupa de teia de aranha.

— Que teia de aranha! rosnou o tronco. Isso é seda e da boa. Aceite o presente da moça.

— Então muito obrigado, gaguejou o pirralho. Vou experimentar.

8

Escolheu uma túnica azul, escondeu-se no mato e, passados minutos, tornou a mostrar-se, vestido como os habitantes de Tatipirun. Descalçou-se e sentiu nos pés a frescura e a maciez da relva. Lá em cima os discos enormes das vitrolas giravam; as cigarras chiavam músicas em cima deles, músicas como ninguém ouviu; sombras redondas espalhavam-se no chão.

— Este lugar é ótimo, suspirou Raimundo. Mas acho que preciso voltar. Preciso estudar a minha lição de geografia.

Nisto ouviu uma algazarra e viu através dos ramos a população de Tatipirun correndo para ele:

— Cadê o menino que veio de Cambacará?

Eram milhares de criaturas miúdas, de cinco a dez anos, todas cobertas de teias de aranha, descalças, um olho preto e outro azul, as cabeças peladas nuas. Não havia pessoas grandes, naturalmente.

— Cadê o menino que veio de Cambacará?

— Que negócio têm comigo? resmungou o pequeno alarmado. Parece uma procissão.

— Parece um *meeting*, disse uma rã que pulou da beira do rio.

— Parece um teatro, cantou um pardal.

Raimundo pôs-se a rir:

— Que passarinho besta! Ele pensa que teatro é gente. Teatro é casa.

— Estou falando nos sujeitos que estão dentro do teatro, pipilou o pardal.

— Bem, isso é outra cantiga, concordou Raimundo.

9

— Cadê o menino que veio de Cambacará? gritava o povaréu.

— Essa tropa não sabe geografia, disse Raimundo. Cambacará não existe.

— E por que é que não existe? perguntou a rã.

— Não existe não, sinha Rã. Foi um nome que eu inventei.

— Pois faz de conta que existe, ensinou a bicha. Sempre existiu.

— A senhora tem certeza?

— Naturalmente.

— Então existe.

A rã fechou o olho preto, abriu o azul e foi descansar numa poça de água.

— Cadê o menino que veio de Cambacará?

— Estou aqui, pessoal, bradou Raimundo. Que é que há?

O rio se fechou de repente e a multidão passou por ele num instante. Depois as margens se afastaram, a água tornou a aparecer.

— Que rio interessante! exclamou Raimundo. Deve ter um maquinismo por dentro.

— Por que foi que você fugiu de nós? perguntou o rapazinho que tinha falado sobre a Caralâmpia.

— Espere aí. Eu já digo. Como é o seu nome?

— Pirenco.

— Que nome engraçado! Pirenco! Não há ninguém com esse nome.

— Eu sou Pirenco, replicou o outro.

— Pois sim. Não discutimos. Vamos ao caso do rio. Tem algum maquinismo por dentro?

— Não tem maquinismo nenhum, disse uma garota de túnica amarela. Todos os rios são assim.

— Claro! concordou Pirenco. Essa é a Talima.

— Prazer em conhecê-la, Talima. Você é bonita.

— E boa, interrompeu um menino sardento. Meio desparafusada, mas um coraçãozinho de açúcar. Aquela é a Sira.

— O tronco me falou em vocês todos. Como vai, Sira?

— Por que foi que você fugiu da gente?

Raimundo ficou acanhado, as orelhas pegando fogo.

— Sei lá! Burrice. Julguei que estivessem troçando de mim. Eu não tinha obrigação de conhecer a Caralâmpia. Quem é a Caralâmpia?

— Onde andará ela? inquiriu o sardento.

— Sumiu-se, explicou Talima. Foi uma menina que virou princesa.

— Caso triste, gemeu uma criatura miúda, de dois palmos. Quando penso que pode ter acontecido alguma desgraça...

10

Talima baixou-se e consolou o anão:

— Cale a boca, nanico. Não há desgraça.

— Imaginem que ela encontrou o espinheiro-bravo e espetou os dedos.

— Encontrou nada!

— Pode ter crescido e ido morar em Cambacará.

— Não foi não, informou Raimundo. Não vi lá ninguém destas bandas. Como é a figura dela?

— É uma menina pálida, alta e magra.

— Princesa?

— É. Sempre teve jeito de princesa. Agora virou princesa e levou sumiço.

— Que infelicidade! choramigou o anão.

— Vamos procurar a Caralâmpia, convidou Talima. Deixe de choradeira, nanico.

— Já deixei, murmurou o anãozinho enxugando os olhos.

Saíram todos, gritando, pedindo informações a paus e bichos. O sardento ia devagar, distraído. Puxou Raimundo por um braço:

— Eu tenho um projeto.

— Estou receando que anoiteça, exclamou Raimundo. Se a noite pegar a gente aqui no campo... Era melhor entrar em casa e deixar a Caralâmpia para amanhã.

— O meu projeto é curioso, insistiu o sardento, mas parece que este povo não me compreende.

— É sempre assim, disse Raimundo. Faltará muito para o sol se pôr?

11

O anãozinho bateu na perna dele:

— Nós nos esquecemos de perguntar como é que você se chama.

— Raimundo. Sou muito conhecido. Até os troncos, as laranjeiras e os automóveis me conhecem.

— Raimundo é um nome feio, atalhou Pirenco.

— Muda-se, opinou o anão.

— Em Cambacará eu me chamava Raimundo. Era o meu nome.

— Isso não tem importância, decidiu Talima. Fica sendo Pirundo.

— Pirundo não quero.

— Então é Mundéu.

— Também não presta. Mundéu é uma geringonça de pegar bicho.

— Pois fica Raimundo mesmo.

— Está direito. Eu queria saber como a gente se arranja de noite.

— Que noite?

— A noite, a escuridão, isso que vem quando o sol se deita.

— Besteira! exclamou o anão. Uma pessoa taluda afirmando que o sol se deita! Quem já viu sol se deitar?

— Essa coisa que chega quando a terra vira, emendou Raimundo. A noite, percebem? Quando a terra vira para o outro lado.

— Ele vem cheio de fantasias, asseverou Talima. Escute, Fringo. Ele cuida que a terra vira.

12

Fringo, um menino preto, estirou o beiço e bocejou:

— Ilusões.

— Qual nada! Vira. Em Cambacará ninguém ignora isto. Vá lá e pergunte. Vira para um lado — tudo fica no claro, a gente, as árvores, as rãs, os pardais, os rios e as aranhas. Vira para o outro lado — e não se vê nada, é aquele pretume. Natural. Todos os dias se dá.

— É engano, interrompeu Fringo.

— Não há noite?

— Há o que você está vendo.

— Não escurece, o sol não muda de lugar.

— Nada disso.

— Está bom. Preciso consertar o meu estudo de geografia.

Continuaram a marcha, andaram muito, e nenhuma notícia da Caralâmpia. O sol permanecia no mesmo ponto, no meio do céu. Nem manhã nem tarde. Uma temperatura amena, invariável.

— Deve haver um maquinismo de relógio lá por cima, calculou Raimundo. Vão ver que ele perdeu a corda e parou.

— Quer ouvir o meu projeto? interrogou o sardento.

— Vamos lá, acedeu Raimundo. Mas antes me tire uma dúvida. Vocês não descansam nunca?

— Descansamos, explicou o outro. Quando a gente está fatigada, deita-se e fecha um olho.

— O olho preto ou o azul?

— Isso é conforme. Fecha-se um olho. O outro fica aberto, vendo tudo.

13

— Pois eu acho que está chegando a hora de voltar e descansar.
— Voltar para onde?
— Voltar para a beira do rio, entrar em casa, dormir.
— Não vale a pena. Se quer ver o rio, é tocar para a frente. O rio das Sete Cabeças faz muitas curvas. Adiante aparece uma delas. Aqui nós nunca voltamos. Vou contar o meu projeto.
— É bom. Conte. Mas andando à toa, sem destino, como é que vocês entram em casa?
— Entrar em coisa nenhuma! A gente se deita no chão.
— Macio, realmente. E as casas?
— Não entendo.
— Pois vou chamar o Pirenco. Venha cá, seu Pirenco. Onde estão as casas?

Talima encolheu os ombros:
— Ele veio de Cambacará cheio de ideias extravagantes.
— Perguntas insuportáveis, acrescentou Sira.

Raimundo observou os quatro cantos, não viu nenhuma construção.
— Está bem, não teimamos. Vocês dormem no mato, como bichos.

— Descansamos à sombra dessas rodas que giram, disse Fringo.
— Debaixo dos discos de vitrolas. Sim senhor, bonitas casas. E quando chove?
— Quando chove?
— Sim. Quando vem a água lá de cima, vocês não se ensopam?
— Não acontece isso.
Raimundo abriu a boca e deu uma pancada na testa:
— Que lugar! Não faz calor nem frio, não há noite, não chove, os paus conversam. Isto é um fim de mundo.

14

— Quer ouvir o meu projeto? segredou o menino sardento.
— Ah! sim. Ia-me esquecendo. Acabe depressa.
— Eu vou principiar. Olhe a minha cara. Está cheia de manchas, não está?
— Para dizer a verdade, está.
— É feia demais assim?
— Não é muito bonita não.
— Também acho. Nem feia nem bonita.
— Vá lá. Nem feia nem bonita. É uma cara.
— É. Uma cara assim assim. Tenho visto nas poças de água. O meu projeto é este: podíamos obrigar toda a gente a ter manchas no rosto. Não ficava bom?

— Para quê?
— Ficava mais certo, ficava tudo igual.

Raimundo parou sob um disco de vitrola, recordou os garotos que mangavam dele.

15

A cigarra lá de cima interrompeu a cantiga, estirou a cabecinha. Era uma cigarra gorda e tinha um olho preto, outro azul.

— Qual é a sua opinião? perguntou o sardento.

Raimundo hesitou um minuto:

— Não sei não. Eles bolem com você por causa de sua cara pintada?

— Não bolem. São muito boas pessoas. Mas se tivessem manchas no rosto, seriam melhores.

A aranha vermelha deu um balanço no fio e chegou ao disco da vitrola:

— Que história é aquela?

— Palavreado à toa, explicou a dona da casa.

— À toa nada! bradou o sardento. Cigarra e aranha não têm voto. Cada macaco no seu galho. Isto é assunto que interessa exclusivamente aos meninos.

— Eu aqui represento a indústria de tecidos, replicou a aranha arregalando o olho preto e cerrando o azul.

— E eu sou artista, acrescentou a cigarra. Palavreado à toa.

Raimundo esfregou as mãos, constrangido, olhou os discos e as teias coloridas que se agitavam.

— Parece que elas têm direito de opinar. São importantes, são umas bichonas.

— Direito de dizer besteiras! resmungou o sardento.

— Não senhor. A cigarra tem razão. Palavreado à toa.

— Então você acha o meu projeto ruim?

— Para falar com franqueza, eu acho. Não presta não. Como é que você vai pintar esses meninos todos?

— Ficava mais certo.

— Ficava nada! Eles não deixam.

— Era bom que fosse tudo igual.

— Não senhor, que a gente não é rapadura. Eles não gostam de você? Gostam. Não gostam do anão, de Fringo? Está aí. Em Cambacará não é assim: aborrecem-me por causa da minha cabeça pelada e dos meus olhos. Tinha graça que o anão quisesse reduzir os outros ao tamanho dele. Como havia de ser?

— Eu sei lá! rosnou o sardento amuado. O caso do anão é diferente. Parece que ninguém me entende. Vamos procurar os outros?

16

Deixaram a artista e a representante da indústria dos tecidos, andaram cinquenta passos e foram encontrar os meninos brincando na grama verde, fazendo um barulho desesperado.

— Isto é agradável, murmurou Raimundo. Tudo alegre, cheio de saúde... A propósito, ninguém adoece em Tatipirun, não é verdade?

— Adoece como?

— Julgo que vocês não vão ao dentista, não sentem dor de barriga, não têm sarampo.

— Nada disso.

— Não envelhecem. São sempre meninos.

— Decerto.

— Eu já presumia. Pois é, meu caro. Boa terra. Mas se todos fossem como o anãozinho e tivessem sardas, a vida seria enjoada.

O sardento pigarreou:

— É difícil a gente se entender.

As crianças dançavam e cantavam, enfeitadas de flores, agitando palmas.

— Viva a princesa Caralâmpia! gritavam. Viva a princesa Caralâmpia, que levou sumiço e apareceu de repente.

Caralâmpia estava no meio do bando, vestida numa túnica azulada cor das nuvens do céu, coroada de rosas, um broche de vaga-lume no peito, pulseiras de cobras de coral.

— Credo em cruz! gemeu Raimundo assombrado. Tire essa bicharia de cima do corpo, menina. Isso morde.

O vaga-lume tremelicou, brilhante de indignação:
— É comigo?
— Não senhor, é conosco, informaram as cobras. Aquilo é um selvagem. Na terra dele as coisas vivas mordem.
— Viva a Caralâmpia! repetia a multidão. Viva a princesa Caralâmpia!
— Onde já se viu cobra servir de enfeite? suspirava Raimundo. Que despropósito!
— Deixe disso, criatura, aconselhou Fringo, o menino preto. Você se espanta de tudo. Venha falar com a Caralâmpia.
— Eu sei lá falar com princesa! exclamou Raimundo encabulado.
— Ela é princesa de mentira, explicou Talima. É princesa porque tem jeito de princesa. Veja, Caralâmpia. Este é o Pirundo, que veio de Cambacará.
— Pirundo não. Ficou estabelecido que eu me chamo Raimundo mesmo.
— É, ficou estabelecido que ele se chama Raimundo mesmo.
— Aproxime-se, convidou Caralâmpia.

17

O hóspede chegou-se a ela, desconfiado, espiando as cobrinhas com o rabo do olho. Curvou-se num salamaleque exagerado:

— Como vai vossa princesência?
— Princesência é tolice, declarou Pirenco.
— Tolice é amarrar cobras nos braços, replicou Raimundo. Onde já se viu semelhante disparate?
— Acabem com isso, ordenou Caralâmpia. Vamos deixar de encrenca. Por que é que não pode haver princesência? Isso é uma arenga besta, Pirenco.

Raimundo bateu palmas:

— Apoiado. Se há excelência, há princesência também. Está certo.

— Claro! concordou Talima. Se há Raimundo e Pirenco, há Pirundo também. Pirundo está certo.

— Não senhora. Pirundo está errado.

— Pois está, concedeu Talima.

— Está mesmo. Para que dizer que não está? triunfou Raimundo. Então você é princesa, heim? Como foi que você virou princesa?

— Virando, respondeu Caralâmpia. A gente vira e desvira.

— Logo vi, murmurou Raimundo. Pois é. Uma terra muito bonita a sua, princesa Caralâmpia. Estou com vontade de me mudar para aqui. Se eu vier, trago o meu gato. É um gato engraçado, diferente de vocês, com dois olhos verdes. E medroso, tem medo de rato.

— Como é que ele se chama? perguntou a princesa.

— Não tem nome não. Mas eu vou botar um nome nele.

— Bote Pirundo, sugeriu Talima.

— Boto nada! Vou procurar um nome bonito na geografia. A propósito, aquele rio que fecha é mesmo o rio das Sete Cabeças?

— Sem dúvida, informou Sira.

— Por que é que ele se chama rio das Sete Cabeças?

— Porque se chama. Sempre se chamou assim.

— Muito obrigado. Eu podia botar esse nome no meu gato. Mas ele só tem uma cabeça.

— Bobagem! exclamou Pirenco. Gato das Sete Cabeças! Quem já viu isso? Bote Tatipirun.

— Tatipirun é bonito, murmurou a princesa.

— Pois fica sendo Tatipirun. Quando eu vier, trago Tatipirun. Ele vai estranhar e miar no princípio, depois se acostuma. Vamos brincar de bandido?

— Aqui ninguém conhece esse brinquedo não, respondeu Sira. Vamos correr, saltar, dançar.

— Isso é cacete.

— Pois vamos fazer o anão virar príncipe.

— Não dou para isso não, protestou o anãozinho. É melhor conversar com os bichos. Vamos procurar um bicho que saiba histórias compridas e bonitas.

18

Partiram. Caminharam bem meia légua e encontraram uma guariba cabeluda que andava com as juntas perras, escorada num cajado, óculos no focinho, a cabeça pesada balançando. Raimundo avizinhou-se dela, curioso:

— Como é, sinha Guariba? A senhora, com essa cara, deve conhecer história antiga. Espiche uns casos da sua mocidade.

— Eu não tive isso não, meu filho. Sempre fui assim.

— Assim coroca e reumática? estranhou Raimundo.

— Assim como vocês estão vendo.

— Foi nada! A senhora antigamente era aprumada e vistosa. Sapeque aí umas guerras do Carlos Magno.

— Eu sei lá! Estou esquecida. Sou uma guariba paleolítica.

— Paleo quê?

— Lítica.

A princesa Caralâmpia arrepiou-se:

— Que barbaridade! Ela está maluca.

— Não está não, atalhou Raimundo. Meu tio diz essas trapalhadas. É um homem que estudou muito, andou na arca de Noé e tem óculos. Direitinho a guariba. É do tempo dela e usa palavrões difíceis.

— Traga também esse quando se mudar para aqui, lembrou Talima.

— Ele não vem não. E não vale a pena. É um sujeito ranzinza e paleo como?

— Lítico, respondeu a guariba.

— Isso mesmo. Não vem não. Ele se enjoa de meninos, só gosta de livros. Um tipo sabido como nunca se viu.

— Não serve, decidiu Talima. Tem a palavra, sinha Guariba. Conte uma história.

19

— Eu conto, balbuciou o bicho acocorando-se. Foi um dia um menino que ficou pequeno, pequeno, até virar passarinho. Ficou mais pequeno e virou aranha. Depois virou mosquito e saiu voando, voando, voando, voando...
— E depois? perguntou Sira.
A guariba velha balançava a cabeça tremendo e repetia:
— Voando, voando, voando...
Fringo impacientou-se:
— Que amolação! Ela pegou no sono.
Tinha pegado mesmo. E falava dormindo, numa gemedeira:
— Voando, voando, voando...
— Vamos embora, pessoal, convidou Sira. Ela não acaba hoje.
O bicho começou a chorar:
— Sou uma guariba paleo...
— Já sabemos, interrompeu Caralâmpia. Toca para frente, povo. Que significará aquele nome encrencado?
— Vou perguntar a meu tio, prometeu Raimundo. Quando eu voltar aqui, explico a vocês.

20

A guariba paleolítica ficou tiritando, acocorada, a gemer.

— Dorminhoca! rosnou Sira. Que teria acontecido ao menino que virou mosquito?

— Parece que tornou a virar menino, disse Fringo.

— Não dá certo, gritou o anãozinho. É melhor continuar mosquito.

— Vamos consultar a guariba?

— Não convém, interveio a princesa Caralâmpia. Ela perdeu a bola. Voando, voando... Nunca vi animal tão idiota.

— Não senhora, protestou Raimundo. É um bicho sabido. Meu tio é aquilo mesmo, sabido que faz medo. Mas não fala direito. Resmunga. E engancha-se nas perguntas mais fáceis. A gente quer saber uma coisa, e ele se sai com umas compridezas, que dão sono. Vai resmungando, resmungando, e muda no fim, acaba dizendo exatamente o contrário do que disse no princípio.

— Isso é insuportável, bradou Pirenco. Não tolero conversa fiada, panos mornos.

— Nem eu, concordou Talima. Pão pão, queijo queijo.

— Preciso voltar e estudar a minha lição de geografia, suspirou Raimundo.

— Demore um pouco, pediu Talima. Vamos ouvir a Caralâmpia. Por onde andou você quando esteve perdida, Caralâmpia?

A Caralâmpia começou uma história sem pé nem cabeça:

— Andei numa terra diferente das outras, uma terra onde as árvores crescem com as folhas para baixo e as raízes para cima. As aranhas são do tamanho de gente, e as pessoas do tamanho das aranhas.

— Quem manda lá? São as aranhas ou a gente? perguntou Raimundo.

— Não me interrompa, respondeu a Caralâmpia. Os guris que eu vi têm duas cabeças, cada uma com quatro olhos, dois na frente e dois atrás.

— Que feiura! exclamou Pirenco.

— Não senhor, são muito bonitos. Têm uma boca no peito, cinco braços e uma perna só.

— É impossível, atalhou Fringo. Assim eles não caminham. Só se for com muleta.

— Que ignorância! tornou Caralâmpia. Caminham perfeitamente sem muleta, caminham assim, olhe, assim.

Pôs-se a saltar num pé.

— Para que duas pernas? A gente podia viver muito bem com uma perna só.

Tentaram andar com um pé, mas cansaram logo e sentaram-se na grama.

21

— Preciso voltar, murmurou Raimundo.

O anãozinho chegou-se a ele e soprou-lhe ao ouvido:

— Tudo aquilo é mentira. Esta Caralâmpia mente!...

Sira agastou-se:

— Mente nada! Por que é que não existem pessoas diferentes de nós? Se há criaturas com duas pernas e uma cabeça, pode haver outras com duas cabeças e uma perna. Este anão é burro.

— Estão bulindo comigo, choramigou o anãozinho. Bolem comigo porque eu sou miúdo.

A princesa Caralâmpia puxou-o por um braço, deitou-o ao colo e embalou-o:

— Não chore, nanico. Na terra que eu visitei ninguém chora, apesar de todos terem oito olhos, quatro azuis e quatro pretos. As árvores têm as raízes para cima, as folhas para baixo e dão frutos no chão. Os frutos são enormes, as pessoas são como as aranhas.

— Onde fica essa terra, Caralâmpia? perguntou o sardento.

— Muito longe, no fim do mundo, respondeu a princesa. A gente chega lá voando.

— Como o mosquito da guariba, interrompeu o anão. Desconfio disso. Gente não voa.

— Ora não voa! exclamou Raimundo. Em Cambacará os homens voam.

— Voam de verdade ou de mentira? inquiriu Talima.

— Voam de verdade. Antigamente não voavam, mas hoje andam pelas nuvens em aeroplanos, uns troços de metal que fazem zum... Certamente a Caralâmpia viajou num deles.

— Não foi não, disse Caralâmpia. Entrei num automóvel.

— Os automóveis aqui andam pelos ares, eu sei, confirmou Raimundo.

— Pois é. Entrei, mexi numa alavanca, o automóvel subiu, subiu, passou a lua, o sol e as estrelas.

— E chegou à terra dos meninos duma perna só, grunhiu o anãozinho. Não creio.

— Coitado, murmurou Talima. Esse ano é um infeliz. Não faça caso, Pirundo.

— A senhora me troca sempre o nome. Eu já lhe disse um milhão de vezes que me chamo Raimundo.

22

— Isso mesmo. Fique com a gente. Aqui é tão bom...

— Não posso, gemeu Raimundo. Eu queria ficar com vocês, mas preciso estudar a minha lição de geografia.

— É necessário?

— Sei lá! Dizem que é necessário. Parece que é necessário. Enfim... Não sei.

Aí Raimundo entristeceu e enxugou os olhos:

— É uma obrigação. Vou-me embora. Vou com muita saudade, mas vou. Tenho saudade de vocês todos, as pessoas melhores que já encontrei. Vou-me embora.

— Volte para viver conosco, pediu Caralâmpia.

— É, pode ser. Se acertar o caminho, eu volto. E trago o meu gato para vocês verem. Não deixe de ser princesa não, Caralâmpia. Você fica bonita vestida de princesa. Quando eu estiver na minha terra, hei de me lembrar da princesa Caralâmpia, que tem um broche de vaga-lume e pulseiras de cobras de coral. E direi aos outros meninos que em Tatipirun as cobras não mordem e servem para enfeitar os braços das princesas. Vão pensar que é mentira, zombarão dos meus olhos e da minha cabeça pelada. Eu então ensinarei a todos o caminho de Tatipirun, direi que aqui as ladeiras se abaixam e os rios se fecham para a gente passar.

Raimundo afastou-se lento e procurou orientar-se. Os outros o seguiram de longe, calados. Andaram até o rio. Lá estavam à margem, perto do tronco, os sapatos e a roupa. O garoto escondeu-se no mato, vestiu-se de novo, tornou a pendurar no ramo a túnica azul que a aranha lhe tinha dado.

— Devolução? perguntou o bichinho.

— É, d. Aranha. Muito obrigado, não preciso mais dela.

— Quer dizer que volta para Cambacará, não é? coaxou a rã na beira da poça.

— Volto, sim senhora. Volto com pena, mas volto.

— Faz tolice, exclamou o tronco. Onde vai achar companheiros como esses que há por aí?

— Não acho não, seu Tronco. Sei perfeitamente que não acho. Mas tenho obrigações, entende? Preciso estudar a minha lição de geografia. Adeus.

23

Atravessou o rio com um passo. As crianças peladas foram encontrá-lo. Caminharam algum tempo e chegaram à serra de Taquaritu. Aí Raimundo se despediu.

— Adeus, meus amigos. Lembrem-se de mim uma ou outra vez, quando não tiverem brinquedos, quando ouvirem as conversas das cigarras com as aranhas. Fiquei gostando muito delas, fiquei gostando de vocês todos. Talvez eu não volte. Vou ensinar o caminho aos outros, falarei em tudo isto, na serra de Taquaritu, no rio das Sete Cabeças, nas laranjeiras, nos troncos, nas rãs, nos pardais e na guariba velha, pobrezinha, que não se lembra das coisas e fica repetindo um pedaço de história. Quero bem a vocês. Vou ensinar o caminho de Tatipirun aos meninos da minha terra, mas talvez eu mesmo me perca e não acerte mais o caminho. Não tornarei a ver a serra que se baixa, o rio que se fecha para a gente passar, as árvores que oferecem frutos aos meninos, as aranhas vermelhas que tecem essas túnicas bonitas. Não voltarei. Mas pensarei em vocês todos, no Pirenco e no Fringo, no anãozinho e no sardento, na Sira, na Talima, na Caralâmpia. Você me troca sempre o nome, Talima. E eu quero bem a você, ando até com vontade de virar Pirundo, para não teimarmos se ainda nos virmos. Lembre-se do Pirundo, Talima. Longe daqui, fecharei os olhos e verei a coroa de rosas na cabeça de Caralâmpia, o broche de vaga-lume, as pulseiras de cobras de coral. Adeus, meus amigos. Que fim terá levado o menino da guariba? Quando um mosquito zumbir perto de mim, pensarei nele. Pode ser que esteja zumbindo o menino que a guariba deixou voando. Pobre da guariba. Está balançando a cabeça, falando só, e não acorda. Eu volto um dia, venho conversar com ela, ouvir o resto da história do menino que virou mosquito. E hei de encontrar a Caralâmpia com as mesmas rosas na cabeça, o vaga-lume aceso no peito, as cobras de coral nos braços. Vou prestar atenção ao caminho para não me perder quando voltar. E trago uns meninos comigo. Os meninos melhores que eu conhecer virão comigo. Se eles não quiserem vir, trago o meu gato, que é manso e há de gostar de vocês. Adeus, seu Fringo. Adeus, seu Pirenco. Sira, Caralâmpia, todos, adeus. Não é preciso que me acompanhem. Muito obrigado, não se incomodem. Eu acerto o caminho. Adeus, lembre-se do Pirundo, Talima.

Raimundo começou a descer a serra de Taquaritu. A ladeira se aplanava. E quando ele passava, tornava a inclinar-se. Caminhou muito, olhou para trás e não enxergou os meninos que tinham ficado lá em cima. Ia tão distraído, com tanta pena, que não viu a laranjeira no meio da estrada. A laranjeira se afastou, deixou a passagem livre e guardou silêncio para não interromper os pensamentos dele.

Agora Raimundo estava no morro conhecido, perto da casa. Foi-se chegando, muito devagar. Atravessou o quintal, atravessou o jardim e pisou na calçada.

As cigarras chiavam entre as folhas das árvores. E as crianças que embirravam com ele brincavam na rua.

Um Ladrão

O que o desgraçou por toda a vida foi a felicidade que o acompanhou durante um mês ou dois. Coisa estranha: sem nenhuma preparação, um tipo se aventura, anda para dizer bem de olhos fechados, cometendo erros, entra nas casas sem examinar os arredores, pisa como se estivesse na rua – e tudo corre bem. Pisa como se estivesse na rua. É aí que principia a dificuldade. Convém saber mexer-se rapidamente e sem rumor, como um gato: o corpo não pesa, ondula, parece querer voar, mal se firma nas pernas, que adquirem elasticidade de borracha. Se não fosse assim, as juntas estalariam a cada instante, o homem gastaria uma eternidade para deslocar-se, o trabalho se tornaria impossível. Mas ninguém caminha desse jeito sem aprendizado, e a aprendizagem não se realizaria se as primeiras tentativas fossem descobertas. Deve haver uma divindade protetora para as criaturas estouvadas e de articulações perras. No começo usam sapatos de corda – e ninguém desconfia deles: conseguem não dar nas vistas, porque são como toda a gente. Nenhum polícia iria acompanha-las. Se não batessem nos móveis e não dirigissem a luz para os olhos das pessoas adormecidas, não cairiam na prisão onde ganham os modos necessários ao ofício. Aí apuram o ouvido e habituam-se a deslizar. Cá fora não precisarão sapatos de banho ou de tênis: mover-se-ão como se fossem máquinas de molas bem azeitadas rolando sobre pneumáticos silenciosos.

 O indivíduo a que me refiro ainda não tinha alcançado essa andadura indispensável e prejudicial: indispensável no interior das casas à noite; prejudicial na rua, porque denuncia de longe o transeunte. Sem dúvida o homem suspeito não tem só isso para marca-lo ao olho do tira: certamente possui outras pistas, mas é esse modo furtivo de esquivar-se como quem não toca no chão que o caracteriza. O sujeito não sabia, pois, andar assim, e passaria despercebido na multidão. Por enquanto nenhuma esperança de se acomodar àquele ingrato meio de vida. E Gaúcho, o amigo que o iniciara, havia sido franco: era bom que ele escolhesse ocupação menos arriscada. Mas o rapaz tinha cabeça dura: animado por três ou quatro experiências felizes, estava ali, rondando o portão, como um técnico.

 Entrara na casa, fingindo-se consertador de fogões, e atentara na disposição das peças do andar térreo. Arrependeu-se de não ter estudado melhor o local: devia ter-se empregado lá como criado uma semana. Era o conselho de Gaúcho, que tinha prática. Não o escutara, procedera mal. Nem sabia já de que lado da sala de jantar ficava a porta da copa.

Afastou-se receoso de que alguém o observasse. Desceu a rua, entrou no café da esquina, espiou as horas e teve desejo de tomar uma bebida. Não tinha dinheiro. Doidice beber álcool em semelhante situação. Procurou um níquel no bolso, estremeceu. As mãos estavam frias e molhadas.

– Tem de ser.

Tornou a olhar o relógio. Não é que se havia esquecido das horas? Passava da meianoite. Felizmente a rua topava o morro e só tinha uma entrada. À exceção dos moradores pouca gente devia ir ali.

Afinal aquilo não tinha importância. Agora temia encontrar um conhecido. O que mais o aperreava era o diabo da tremura nas mãos. Estava quase certo de que o garçom lhe estranhava a palidez. Saiu para a calçada e ficou indeciso, olhando o morro, enxugando no lenço os dedos molhados, dizendo pela segunda vez que aquilo não tinha importância. Como? Sacudiu a cabeça, aflito. Que é que não tinha importância?

Seria bom recolher-se. Sorriu com uma careta e subiu a ladeira, colando-se às paredes. Como recolher-se? Vivia na rua, à medida que a avançava a frase repetida voltou e logo surgiu o sentido dela. Bem. A perturbação diminuía. O que não tinha importância era saber se a porta da copa ficava à direita ou à esquerda da sala de jantar. Ia levar talheres? Ia correr perigo por causa de talheres? Mas pensou num queijo visto sobre a geladeira e sentiu água na boca.

Aproximou-se do morro, as pernas bambas, tremendo como uma criança. Provavelmente a copa era à direita de quem entrava na sala de jantar, perto da escada.

– Tem de ser.

Foi até o fim da calçada e, margeando a casa do fundo, passou para o outro lado. Parou junto ao portão, encostou-se a ele, receando que o vissem. Se estirasse o pescoço, talvez o guarda, lá em baixo, lhe percebesse os manejos. O coração bateu com desespero, a vista se turvou. Não conseguia enxergar a esquina e o guarda.

Encolheu-se mais, olhou a janela do prédio fronteiro, imaginou que por detrás da janela alguém o espreitava, talvez o dono da loja de fazenda que examinara com ferocidade, através dos óculos, quando ele estacionara junto do balcão. Tentou libertar-se do pensamento importuno. Por que haveriam de estar ali, àquela hora, os mesmos olhos que o tinham imobilizado na véspera?

De repente sentiu grande medo, pareceu-lhe que o observavam pela frente e pela retaguarda, achou-se impelido para dentro e para fora do jardim, a rua encheu-se de emboscadas. A janela escureceu, os óculos do homem da loja sumiram-se. Pôs-se a tremer, as ideias confundiram-se o projeto que armara surgiu-lhe como fato realizado. Encostou-se mais ao portão.

Durante minutos, lembrou-se da escola do subúrbio e viu-se menino, triste, enfezado. A professora interrogava-o pouco, indiferente. O vizinho, mal-encarado, que o espetava com pontas de alfinetes, mais tarde virara soldado. A menina de tranças era linda, falava apertando as pálpebras, escondendo os olhos verdes.

Um estremecimento dispersou essas recordações meio pagadas. Quis fumar, temeu acender um cigarro. Levantou a cabeça, distraiu-se vendo um bonde rodar longe, na boca da rua.

Sim, não, sim, não. Duas ideias voltaram: o homem que se ocultava por detrás da janela estava aquecido e tranquilo, a menina das tranças escondia os olhos verdes e tinha um sorriso tranquilo. Os dentes bateram castanholas, e isto alarmou-o: talvez alguém ouvisse aquele barulho esquisito de porco zangado. Mordeu a manga do paletó, o som esmoreceu.

Sim, não, sim, não. Havia um relógio na sala de jantar, estava quase certo de que escutava as pancadas do pêndulo. Os dentes calaram-se, felizmente já não havia precisão de mastigar o tecido.

Mudou de posição, espreguiçou-se, os receios esfriaram-se. Agora se mexia como se não houvesse nenhum perigo. Segurou-se aos ferros da grade, uma energia súbita lançou-o no jardim. Pisando os canteiros, subiu a calçada, arriou no sofá do alpendre. Se descobrissem ali, diria que tinha entrado antes de se fechar o portão e pegara no sono. Era o que diria, embora isto não lhe servisse.

Para que pensar em desgraças? Levantou-se, chegou-se à porta, meteu a caneta na fechadura. O tremor das mãos havia desaparecido. A lingueta correu macia, uma folha da porta se descerrou. Estacou surpreendido: como nunca havia trabalhado só, imaginara que a fechadura emperrasse, que fosse preciso trepar no sofá e cortar com diamante um pedaço de vidraça. Deitaria por baixo da porta um jornal aberto, enrolaria a mão no lenço e daria um murro no vidro, que iria cair sem ruído em cima do papel. Agarrar-se-ia ao caixilho com as pontas dos dedos, suspender-se-ia, estraria na casa, a cabeça para baixo, as mãos procurando o chão. Ficaria pendurado algum tempo, feito um macaco, os dedos dos pés curvos à borda da abertura, como ganchos. Era quase certo não se sair bem nesse pulo arriscado. Falharia, sempre falhava.

Procurou a vidraça inutilmente: não existia vidraça. Nem existia jornal, correu o trinco devagarinho. Avançou temendo esbarrar nos móveis. Acostumando a vista, começou a distinguir manchas: cadeiras baixas e enormes que atravancavam a saleta. Escorregou para uma delas, o coração aos baques, o fôlego curto. Afundou no assento gasto. As rótulas estalaram, as molas do traste rangeram levemente. Ergueu-se precipitado, encostou-se à parede, com receio de vergar os joelhos. Se as juntas continuassem a fazer barulho, os moradores iriam acordar, prendê-lo. Achou-se fraco, sem coragem para fugir ou defender-se. Acendeu a lâmpada e logo se arrependeu. O círculo de luz passeou no assoalho, subiu uma cadeira e sumiu-se. A escuridão voltou. Temeridade acender a lâmpada.

Penetrou na sala de jantar, escancarando muito os olhos. Agora os objetos estavam quase visíveis. Uma sombra alvacenta descia pela parede, havia luz no andar de cima.

Bem. A porta da copa, um buraco negro, ficava à direita como ele tinha suposto. Vira um queijo sobre a geladeira dois dias antes. Chegou-se à escada, apoiou-se ao corrimão, voltando para copa. Realmente não tinha fome. Sentia uma ferida no estômago, mas a boca estava seca. Encolheu os ombros. Estupidez arriscar-se tanto por um pedaço de queijo.

Subiu um degrau, parou arfando, subiu outros, experimentando uma sensação de enjoo. A casa mexia-se, a escada mexia-se. A secura da boca desapareceu. Dilatou as bochechas para conter a saliva e pensou no queijo, nauseado. Adiantou-se uns passos, engoliu o cuspo, repugnado, entortando o pescoço.

– Tem de ser.

Repetiu a frase para não recuar. Apesar de ter alcançado o meio da escada, achava difícil continuar a viagem. E se alguém estivesse a observá-lo no escuro? Lembrou-se do sujeito da loja de fazenda. Talvez ele fosse o dono da casa, estivesse ali perto, vigiando como um gato. Pensou de novo na menina da escola primária, no sorriso dela, nas pálpebras que se baixavam, escondendo olhos verdes, de gato. Desgostou-se por estar vacilando, perdendo tempo com miudezas.

Chegou ao fim da escada, parou escutando, enfiou por um corredor onde vários quartos desembocavam. Fugiu de uma porta iluminada e encaminhou-se à sala, com a encontra-la deserta. O medo foi contrabalançado por um sentimento infantil de orgulho. Realizara uma proeza, sim senhor, só queria ouvir a opinião de Gaúcho. Se não acontecesse uma desgraça, procuraria Gaúcho no dia seguinte. Se não acontecesse uma desgraça. Benzeu-se arrepiado. Deus não havia de permitir infelicidade. Tolice pensar em coisas ruins. Contaria a história no dia seguinte, sem falar no medo, e Gaúcho aprovaria tudo, sem dúvida.

Torceu a maçaneta devagarinho: felizmente a porta não estava fechada com chave. Aterrorizou-se novamente, mas surgiu-lhe de supetão a ideia singular de que os perigos estavam nos quartos, e na sala poderia esconder-se. Entrou, cerrou a porta, fez um gesto cansado, respirou profundamente, afirmou que estava em segurança. A tontura deveria ser por causa da fome. Também um desgraçado como ele meter-se em semelhante empresa! Tinha capacidade para aquilo? Não tinha. Um ventanista, apenas. A vaidade infantil murchou-se de repente. Se o descobrissem, nem saberia fugir, nem acertaria a saída. O que o preocupava naquele momento, porém, era menos o receio de ser preso que a convicção da própria insuficiência, a certeza de que ia falhar. As mãos tremiam, as juntas estalariam, movimentos irrefletidos derrubariam móveis.

Apertou as mãos, subitamente resolvido a acabar com aquilo, fixou a atenção na cama enorme, onde um casal de velhos dormia. Baixou-se, alarmado: se uma das pessoas acordasse, vê-lo-ia parado, como estátua. Avançou, de cócoras, foi esconder-se por detrás da cabeceira da cama, permaneceu encolhido, até sentir cãibras nas pernas. As janelas estavam abertas, a luz da rua banhava a sala.

Virou-se o rosto viu-se no espelho do guarda--vestidos e achou-se ridículo, agachado, em posição torcida. Voltou-se, livrou-se da visão desagradável, avistou um braço caído fora da cama. Braço de velha, braço de velha rica, de uma gordura nojenta. A mão era papuda e curta, anéis enfeitavam os dedos grossos. Pensou em tirar os anéis com agulhas, mas afastou a ideia. Trazia no bolso agulhas, só porque Gaúcho lhe ensinara o uso delas. Não se arriscaria a utilizá-las. Gaúcho tinha nervos de ferro. Tirar anéis da mão de uma pessoa adormecida! Que homem! Anos de prática, diversas entradas na casa de detenção.

Engatinhando aproximou-se do guarda-vestidos, abriu-o e começou a revistar a roupa. Descobriu uma carteira e guardou-a sem reparar no que havia dentro dela. Interrompeu a busca, afastou-se, mergulhou no corredor, parou a porta do quarto iluminado. Examinou a carteira, achou várias notas. Tentou calcular o ganho mas a luz do corredor era insuficiente. Escondeu o dinheiro, soltou um longo suspiro.

Devia retirar-se. Deu alguns passos, recuou vexado, receoso de pilhérias que Gaúcho iria jogar-lhe quando soubesse que ele tinha deixado uma casa sem percorrê-la. O terror desaparecera: estava cheio de espanto por haver escapado àquele imenso perigo. Realmente não tinha escapado, mas julgava-se quase livre.

Abriu uma porta a ferro, acendeu a lâmpada, viu um oratório. Desejou apoderar-se dos resplendores das imagens e do bordão de S. José, de ouro, pesado. Afastou-se, com medo da tentação. Não cometeria semelhante sacrilégio.

Andou noutras peças, arrecadou objetos miúdos. Queria penetrar no quarto iluminado, mas não conseguia saber o que o empurrava para lá. Boiavam-lhe no espírito dois esboços de projeto: contar o dinheiro, coisa que não poderia fazer no corredor, e descrever a Gaúcho a aventura.

Destrancou a porta, entrou, esquivou-se para trás do armário. Havia no quarto uma cama estreita, mas nem reparou na pessoa que estava deitada nela. Tirou do bolso a carteira, ficou algum tempo olhando, como um idiota, papéis de dinheiro. Principiou uma soma, que se interrompeu várias vezes: os dedos tremiam, os números atrapalhavam-se. Impossível saber quanto havia ali. Machucou as notas na algibeira da calça. Bem, contaria depois a grana, quando estivesse calmo. Abandonaria o morro e iria viver num subúrbio distante, onde ninguém o conhecesse, largaria aquela profissão, para que não tinha jeito. Nenhum jeito. Não diria nada a Gaúcho, evitaria indivíduos assim comprometedores. Ia endireitar, criar vergonha, virar pessoa decente, arranjar um negócio qualquer longe de Gaúcho. Sim senhor. Apalpou o rolo de notas através do pano, meteu o botão na casa da algibeira. Criar vergonha, sim senhor, o que tinha ali dava para criar vergonha.

Entrou em outro quarto. Olhou a cama, julgou a princípio que estava lá uma criança, mas viu um seio e estremeceu. Voltou-se, não devia arriscar-se à toa. Deu uns passos em direção à porta, deteve-se, curvou-se, observou a moça. Achou nela traços da menina de olhos verdes. O coração bateu-lhe demais no peito magro, pereceu querer sair pela boca.

– Estupidez.

Aprumou-se e desviou a cara. Estupidez. Tentou pensar em coisas corriqueiras, encheu os pulmões, contou até dez. A tatuagem da perna de Gaúcho era medonha, uma tatuagem indecente: àquela hora o café da esquina devia estar fechando. Tornou a contar até dez, esvaziando os pulmões. Um acesso de tosse interrompeu-lhe o exercício.

Retirou-se precipitado, fazendo esforço enorme para se conservar-se em silêncio. Faltou-lhe ar, as lágrimas saltaram-lhe, as veias do pescoço endureceram como cordas esticadas. Atravessou o corredor desembestadamente, desceu a escada, meio doido, sacudindo-se desengonçado, a mão na boca. Sentou-se no último degrau e esteve minutos agitados por pequenas contrações, um som abafado morrendo-lhe na garganta, asmático e penoso, resfolegar de cachorro novo. Pôs-se a arquejar baixinho, extenuado, procurando livrar-se de um pigarro teimoso que lhe arranhava a goela. Enxugou um fio de baba, pouco a pouco se recompôs. Certamente as pessoas do andar de cima tinham despertado quando ele fugira correndo.

Virou a cabeça, puxou a orelha, agoniado. Tinha a ilusão de perceber o trabalho de traças que roíam o pano lá em cima, nos armários.

Devia ter trazido alguma roupa para vender no intrujão.

Um apito na rua deu-lhe suores frios, um galo cantou perto. Depois tudo sossegou, avultaram no silêncio rumores indeterminados: provavelmente pés de baratas se moviam na parede.

Ergueu-se, com fome, libertou-se de terrores, procurou orientar-se. As cócegas na garganta desapareceram. Tolice prestar atenção à marcha das baratas na parede e ao apito do guarda, na rua. Nada daquilo era com ele, estava livre de perigo. Livre de perigo. Se a tosse voltasse, abafá-la-ia mordendo a manga. Temperou a garganta, baixinho. Tranquilo e com fome.

Voltou-se para um lado e para o outro, hesitou entre a saleta e a copa. O pigarro sumiu-se completamente, a boca encheu-se de saliva. Aguçou ainda o ouvido: nem apito nem canto de galo, as pernas da barata se tinham imobilizado. Desejava entrar na copa, comer um bocado. Agora a sufocação e a secura da boca haviam desaparecido, bem que precisava mastigar qualquer coisa. Apertou o botão da lâmpada, a luz fraca lambeu a cristaleira, lambeu a mesa, dividiu-a pelo meio. Descansou a lâmpada na toalha. Bambeando, amolecido, retirou da algibeira as notas machucadas, tentou novamente contá-las, aproximando-as muito do pequeno foco elétrico. Recomeçou a contagem várias vezes, afinal julgou acertar, convenceu-se de que havia ali dinheiro suficiente para um botequim no subúrbio. Alisou as cédulas, dobrou-as, guardou-as, abotoou--se. Um capital. Estabelecer-se-ia com um café no subúrbio, longe de Gaúcho e daqueles perigos. Café modesto, com rádio, os fregueses, pessoas de ordem, discutindo futebol. Tinha jeito para isso. Ouviria as conversas sem tomar partido, não descontentaria ninguém e fiscalizaria os empregados rigorosamente. Um patrão, sim senhor, fiscalizaria os empregados rigorosamente. E Gaúcho nem o reconheceria se o visse, gordo, sério, bulindo na caixa registradora. Naturalmente. Apalpou a carteira, sentiu-se forte. Bem. Contanto que não fosse fuxicar política no café. Esportes, coisas inofensivas, perfeitamente; mas cochichos, papéis escondidos, isso não. Tudo na lei, nada de complicações com a polícia.

Aprumou-se, esqueceu o lugar onde estava. Uma dorzinha fina picou-lhe o estômago. Tomou a lâmpada, encaminhou-se à copa, firme como um proprietário. O medo se havia sumido. Para dizer bem, era quase um dono de botequim de subúrbio.

De repente assaltou-o um desejo besta de rir, riu baixo, temendo engasgar-se e tossir de novo. Sacolejou-se muito tempo, e a sombra dele dançava na luz que se espalhava no soalho. Tinha chegado fazendo tolices, nem acertava com as portas, um doido. Largara-se pela escada abaixo, aos saltos. E ninguém acordara, parecia que os moradores da casa estavam mortos. Então para que todos os cuidados, todas as precauções? Gaúcho fazia trabalho direito, tirava anéis das pessoas adormecidas, com agulhas. Homem de merecimento. E, apesar de tudo, mais de vinte entradas na casa de detenção, viagens à colônia correcional, fugas arriscadas. Inútil, a ciência de Gaúcho. Quando Deus quer, as pessoas não acordam.

Onde estaria o queijo que na antevéspera se achava em cima da geladeira? Procurou-o debalde. Entrou na cozinha, mexeu nas caçarolas, encontrou pedaços de carne, que devorou quase sem mastigar. Lambeu os dedos sujos de gordura, abriu devagarinho a torneira da pia, lavou as mãos, enxugou-as ao paletó. Respirou, consolado. A tontura desapareceu.

Recordou os disparates que praticava. Santa Maria! Desastrado. Se falasse a Gaúcho com franqueza, ouviria um sermão. Mas não falaria, não queria mais relações com Gaúcho, ia abrir um café no arrabalde. Voltou à sala de jantar e apagou a lâmpada. Aquela gente lá em cima tinha um sono de pedra.

Veio-lhe a ideia extravagante de subir de novo a escada e tornar a descê-la, convencer-se de que não era tão desazado como parecia. E lembrou-se da menina dos olhos verdes, que lhe surgiu na memória com um seio descoberto. Absurdo. Quem estava com o seio à mostra era a moça que dormia no andar de cima. Como seriam os olhos dela?

Duas pancadas encheram a casa. E um tique-taque de relógio começou a aperreálo. Pouco antes havia silêncio, mas agora o tique-taque martelava-lhe o interior.

Dirigiu-se à saleta, voltou com a tentação de entrar nos quartos, trazer de lá alguns objetos para vender ao intrujão. Parecia-lhe que, recomeçando o trabalho em conformidade com as regras ensinadas por Gaúcho, de alguma forma se reabilitaria. O maço de notas, adquiridos facilmente, nem lhe dava prazer.

Pisou a escada e estremeceu. As razões que o impeliam sumiram-se, ficou o peito descoberto.

Esforçou-se por imaginar o botequim do arrabalde. Inutilmente. Subiu, parou à entrada do corredor.

– Que doidice!

Foi até a porta do quarto iluminado, empurrou-a, certificou-se de que a mulher continuava a dormir. E daí em diante, até o desfecho medonho, não soube o que fez. No dia seguinte, já perdido, lembrou-se de ter ficado muito tempo junto à cama, contemplando a moça, mas achou difícil ter praticado a maluqueira que o desgraçou. Como se tinha dado aquilo? Nem sabia. A princípio foi um deslumbramento, a casa girando, a cama girando, ele também girando em torno da mulher, transformado em mosca. Girando, aproximando-se e afastando-se, mosca. E a necessidade de pousar, de se livrar dos giros vertiginosos. A figura de Gaúcho esboçou-se e logo se dissipou, os óculos do homem da loja e os vidros da casa fronteira confundiram-se um instante e esmoreceram. Novas pancadas de relógio, novos apitos e cantos de galos, chegaram-lhe aos ouvidos, mas deixaram-no indiferente, voando. E aconteceu o desastre. Uma loucura, a maior das loucuras: baixou-se e espremeu um beijo na boca da moça.

O resto se narra nos papéis da polícia, mas lelé, zonzo, moído, só conseguiu dar informações incompletas e contraditórias. É em vão que o interrogam e machucam. Sabe que ouviu um grito de terror e barulho nos quartos. Lembra-se de ter atravessado o corredor e pisado o primeiro degrau da escada. Acordou aí, mas adormeceu de novo, na queda que o lançou no andar térreo. Teve um sonho rápido na viagem: viu cubículos sujos povoados de percevejos, esteiras no chão úmido, caras horríveis, levas de infelizes transportando vigas pesadas na colônia correcional. Insultavam-lhe, choviam-lhe pancadas nas costas cobertas de panos listrados. Mas os insultos apagaram-se, as pancadas findaram. E houve um longo silêncio. Despertou agarrado por muitas mãos. De uma brecha aberta na testa corria sangue, que lhe molhava os olhos, tingia de vermelhos as coisas e as pessoas. Um velho empacotado em cobertores gesticulava no meio da escada, seguro ao corrimão. E um grito de mulher vinha de lá de cima, provavelmente a continuação do mesmo grito que lhe tinha estragado a vida.

Conheça a Tacet Books

Somos uma editora independente que cria obras interessantes e inéditas, a partir de conteúdo em domínio público, nos idiomas inglês, espanhol e português.

Nosso website: http://www.tacetbooks.com

Alagoas, terra natal de Graciliano Ramos, hoje sofre com um desastre causado pela mineração de sal-gema.

A Braskem, empresa responsável pela atividade, deixou 35 cavidades subterrâneas sem preenchimento adequado, provocando o afundamento do solo e a destruição de imóveis, ruas e infraestruturas em Maceió. Mais de 40 mil pessoas tiveram que deixar suas casas por causa do perigo iminente.

A empresa foi multada em R$ 72 milhões, o que equivale a apenas 0,7% do seu lucro bruto no segundo semestre de 2022.

Este livro foi composto em Libre Baskerville e impresso no Brasil por UmLivro, para a Editora Tacet Books.

São Paulo-SP. Janeiro, 2024.

www.ingramcontent.com/pod-product-compliance
Lightning Source LLC
LaVergne TN
LVHW040106080526
838202LV00045B/3797